人文
诗散
丛书

黄鹤楼中吹玉笛

田　禾◎著

河北出版传媒集团

花山文艺出版社

河北·石家庄

图书在版编目（CIP）数据

黄鹤楼中吹玉笛 / 田禾著. -- 石家庄：花山文艺出版社，2025. 6. --（"诗人散文"丛书 / 霍俊明，商震，郝建国主编）. -- ISBN 978-7-5511-7933-1

Ⅰ. I267

中国国家版本馆 CIP 数据核字第 2025Z5Q348 号

丛 书 名：**"诗人散文"丛书**

主　　编：霍俊明　商　震　郝建国

书　　名：**黄鹤楼中吹玉笛**
　　　　　Huanghelou Zhong Chui Yudi

著　　者：田　禾

责任编辑：王　磊

责任校对：李　伟

美术编辑：王爱芹

内文制作：保定市万方数据处理有限公司

出版发行：花山文艺出版社（邮政编码：050061）
　　　　　（河北省石家庄市友谊北大街330号）

销售热线：0311-88643299 / 96 / 17

印　　刷：河北新华第一印刷有限责任公司

经　　销：新华书店

开　　本：880 毫米×1230 毫米　1 / 32

印　　张：7.125

字　　数：150千字

版　　次：2025年6月第1版

印　　次：2025年6月第1次印刷

书　　号：ISBN 978-7-5511-7933-1

定　　价：48.00元

目 录
CONTENTS

◎ 第一辑　心灵的守望

◎ 第三辑　一滴酒，一滴情

第一辑

心灵的守望

黄鹤楼中吹玉笛

　　黄鹤楼是世界上不多见的文化名楼之一，有"天下江山第一楼"之美誉，不仅是因为它的建筑和地理位置之重要，更因为它集合了人类江河文明之两大河流黄河、长江交汇的生态文明。黄鹤楼的历史文化呈现尤为突出。它好似华夏文明兴衰的一张"晴雨表"，历经多个朝代的更迭，各种战乱灾害的毁损，又经多次修缮和重修。它陪伴着大江东去，大浪淘沙，阅尽了天下多少兴亡事，看透了人间多少悲欢情，"毕竟东流去"。

　　作为文字形式呈现的中国传统精粹，黄鹤楼尤以传存中华诗歌之多样性和诗人之盛名，而备受尊崇。以游历黄鹤楼之名，题诗作画、鼓瑟弹琴者，不计其数，留下来的千古名句、绝唱佳作，乃中华诗歌史上一部灿烂的诗歌盛典。可见，今日看到的黄鹤楼之壮观与人文历史的繁荣盛景，也是其他地方不可替代的。"黄鹤楼中吹玉笛，江城五月落梅花"正是由此而来。

　　黄鹤楼坐落在武汉长江南岸的武昌蛇山，与之对峙的北岸是汉阳龟山。伟大诗人毛泽东有"烟雨莽苍苍，龟蛇锁大江"之名句。其地处之天险，气势之壮观，江河之浩荡，风光之无限，以一年四季、春夏秋冬之轮回，东西南北、日月星光之变化，构成了自然神妙气象万千的大美图景。

凡至此登高远望者，常有人生之感怀，抒发天地万物诗意之境、人生弹指一瞬间的万古之情，足以"知者乐水，仁者乐山"喟然兴叹。这就是诗歌大城，汇聚春秋大义、云梦泽国，歌以离骚风月、汉唐雄魂。正是诗歌的所兴所起，在历史长河的奔流中，我们或俯察，或仰望，故国神游，酒歌墨赋。因而，文人墨客、圣贤歌者，常会聚于黄鹤楼之中。

听，楼上歌舞频起，看，江上明月又升，涛声依旧，鸥帆远影，青山如黛。作为一个武汉人，每有客人来，必引之上黄鹤楼，心向登高处。当开怀畅饮，也听大风吹，高歌一曲，心旷神怡。而时过境迁，人生苍茫，诗海泛舟亦茫茫。今日又登楼，传来前人这首熟悉又陌生的千古名诗：

　　一为迁客去长沙，西望长安不见家。黄鹤楼中
吹玉笛，江城五月落梅花。
　　　　——李白《与史郎中钦听黄鹤楼上吹笛》

李白由西汉贾谊之贬官长沙，想到自己老来之谪于夜郎国，途经武昌黄鹤楼，虽是同病相怜，仍还是有点儿优越感。一个前去长沙，一个回望长安，李白还是对去国离君、浪迹江

湖，怀有茫然和不舍，岂止"天生我材必有用"之孤傲？对于贾谊当年的长沙之行，何如我（李白）当今之相比呢？

但诗人离乡别故土的愁绪还是有的，李白匆匆来到江城，巧借笛声来渲染愁情，江城五月，正当初夏，当然是没有梅花的。但由于《梅花落》笛曲吹得非常动听，诗人仿佛看到了梅花满天飘落的景象。

五月是花开烂漫的时节，登黄鹤楼解忧抒怀，听到楼中吹笛的调子是"梅花落"，李白的情感一下子骤变起来，由"梅花落"之诗乐弥漫异想为漫天的梅花飞舞的绝美之景。此为江城五月之梅花飘雪，实为诗人心境之落寞，也足见古人在诗词上的艺术造诣——通过音乐与诗歌的通感，从而获得了艺术上的诗化效果。可想而知的是，唐时人对于自然造化的想象力之丰富，比现代人要高明很多，李白在此方面的表现能力更胜人一筹。

再说说杜甫。奇怪的是，他几乎没有直接写黄鹤楼的诗句，究其原因，可能是多方面的。我以为，主要是杜甫的诗歌重在揭示普遍性的人生逆向处境，他遭遇的多是底层老百姓的苦难现实，他自己的心性也必然在此间迂回反复，他也没有在黄鹤楼这样的繁华富贵的大排场里题诗的性情和机遇。其诗的批判性和悲苦性也不适宜在达官贵人聚居的庙堂上留名。

显然，李白从小过的就是富商子弟的生活，不屑于金钱权贵，饮酒吟诗，自由洒脱，性格虚妄狂放，这是杜甫所没有的。人若太过于纠结人间红尘俗事，恩恩怨怨无休无止，个人的心灵束缚何时了呢？李白更爱的是自然和自由，正如其诗所写的"一生好入名山游"。但杜甫面对的却是人生的另一种现实了，若登上黄鹤楼，悲歌苦吟，愤怒呐喊，则不太适合此景的氛围。

李白对黄鹤楼钟爱有加，其先后为黄鹤楼赋诗，应是历代诗人中最多的了。他更是全方位地写黄鹤楼的第一人。看见崔颢的诗，李白过于自谦，这反而让他写出了流传千古的诗歌。请看下面李白的《望黄鹤楼》一诗。

东望黄鹤山，雄雄半空出。
四面生白云，中峰倚红日。
岩峦行穹跨，峰嶂亦冥密。
颇闻列仙人，于此学飞术。
一朝向蓬海，千载空石室。
金灶生烟埃，玉潭秘清谧。
地古遗草木，庭寒老芝术。
蹇予羡攀跻，因欲保闲逸。
观奇遍诸岳，兹岭不可匹。
结心寄青松，永悟客情毕。

此是李白抒写黄鹤楼之远景和近景，以及融合内心处境之作，大气雄浑，写出了黄鹤楼的另一种况味。人和楼的维度时空，高度合一。尽管我也非常喜欢李白的另一首《黄鹤楼送孟浩然之广陵》："故人西辞黄鹤楼，烟花三月下扬州。孤帆远影碧空尽，唯见长江天际流。"此诗被誉为能与崔颢的《黄鹤楼》媲美的名作，但我认为《望黄鹤楼》是李白写黄鹤楼最有特点的一首诗。

诗人通过对黄鹤楼的不同维度的观察，描述与抒情，层层推进和深入，又不断放开和扩展，让我们能看到和感受到一种悠远的风景。以大江东去为纽带，以黄鹤楼为轴心，由近及远，由远及近，在与浪涛的回音起伏里，黄鹤楼的灵秀和仙鹤的神会，托出了神山胜水，在此形成永不消弭的诗性境界，性情足够狂放的李白发出了荡气回肠的感叹。诗人的生命情感也定格在这首黄鹤楼诗的永恒守望中。

从少年到成年和老年，随着命运朝向个人生命终极的流转，我们穿越时空，由对黄鹤楼所寄予的千年中国文人理想回到我们当下的现实生活层面，我们还有登高望远和漂泊天涯的那股李白的勇气与杜甫的真诚吗？

什么时候，我也与君携手同游，再登黄鹤楼而呼李白之归来？我还是有点儿惆怅，有点儿失落起来。或许，因这时代的巨大变迁，如李白之性之情之才的诗人不会再有了，诗人仰望的现代黄鹤楼也不再有昔日之境况了。黄鹤何时能飞回来呢？谁也不知道。

2020 年 10 月 28 日

"诗教"与当下生活

　　我国是一个诗歌的国度，对青少年进行诗化教育，一直是弘扬中华优秀传统文化、振兴中华民族精神的重要内容。

　　诗歌能否选入国学教材，走进校园，也是衡量一个诗人的创作影响和社会价值的重要标准。非常荣幸的是，在这些年来的创作中，我的一些诗歌作品也曾几度入选多种大学教材课本，有的还被翻译引进为国外的大学教育研究机构的文献，本人被多次邀请到国内外做诗歌创作交流和讲授诗歌艺术。

　　将这种诗教文化本身深入地贯彻到诗歌创作的本体，使当下的诗歌写作状况提高到一个新的水平，这是国家教育部门和艺术机构，正在不断努力推进的重要工作。我作为一个职业诗人，把自己的一些创作思考和生活经验纳入诗化教育的计划中来，让诗歌进校园、进工厂、进军营。这是我们国民公共文化教育的重要组成部分，也是我们诗人的责任和义务。

　　什么是诗化教育？具体到集体和个人活动中，几乎都能找到诗歌文化存在的影子。从我们的日常生活经验来说，对诗歌的诉求是从每个人的具体情感需求出发的，我们平时的喜怒哀乐一旦发生，就可以作对联、唱楚辞、写汉赋、读唐诗、咏宋词等。

在对诗教的具体形式和规范上，孔子时代就有了"诗书礼乐"之具体教材，后来的"四书五经"之说和"程朱理学"之说，到明代王阳明心学，等等，已经形成了比较发达和成熟的诗化教育体系，是中华文化和文明延续的重要的来源。孔子说，"不学诗，无以言"。这就高度地概括了诗歌在中国人生活中的重要性。

从情感的审美诉求上来说，现代诗歌就是"存在之诗"。"存在主义"是当代诗歌最终的反思和阐释，其终极的命运是"最后审判"。中国当代诗歌的所有表现形式及意义，最终也只能用"存在主义"来回答。但是，有一个严重的问题是，"存在主义"审美是无法解读中国本土诗教的。在内容表现上，中国当下的新诗写作进入了一个泛化的、无价值的、无意义的繁荣期，也就是同质化后的繁殖衍生现象。如果说繁殖衍生就是一种存在意义的话，那么我们已经领受了这种大量的诗歌垃圾化的结果。

古典诗歌之阅读与教学，是从诗歌的终极意义上寻找一种精神无限的审美引导。我的文学观不是从理论上得来的，而是从个人的生命实践中得来的。在我所热爱的乡土诗创作上，可能诗的表现形式上是现代的所谓新诗，但我的审美意趣依然从古典诗词中得来，从抒情到叙事，最终还是叙事的诗性。我找到了个人语言上的突破口，审美的现代性叙事语境也拉近了我与当下现实的距离，同时也产生了一种特有的当代性的陌生感、疏离感和戏剧性。

这可谓是我的及时的、当下的一种诗歌命题，即在现代诗性叙事中建立个人的永恒的古典诗歌美学。它是我在当代现实中仍然不可或缺的生命钙质，即乡土性，离开了这个乡土性，我是无法完成我的诗歌创作的。

庄子在《庄子·知北游》中说："天地有大美而不言，四时有明法而不议，万物有成理而不说。"这是中国古典文明诗意中一种内心存在的意象之大美。至今能让人回想这种内心大美的、生命忆往的中国所有文化，唯有中国古典诗歌是站在现代人心灵的高地的。

所以，我们的唐诗宋词之存在就是一种生命内在的精神信仰，对传统诗词的诗化教育的民间性、简朴性、吟唱性、自由性、传播性、个体性，渗入了中国民间文化的日常生活和所有的寺庙高堂。因此，呼唤唐诗宋词回归中国现场，或许正是当代诗歌写作的一种信仰的自救。对我个人来说，就是一种乡土意志的文本写作、现代乡土的使命和人文精神的坚守。

如果我不建立这种审美的自觉和自信，就不可能来诠释我的所有诗歌因何而来，为何而作。面对曾经作为一种叙事性的自由性，从诗歌的乡土化到现代都市化的时髦流行语感，各种诗歌流派的表现技法，等等，我曾经的迷茫、迷失和沉沦不是没有的，痛苦和失落让我一度陷入沉默。但最终我还是坚守着我的一亩三分地，我的一亩薄田，我的一间老屋。在故乡在远方，亦在眼前当下，在我的诗性叙事中，诗化的苦难从我的眼前走过，那是我的痛，我的恨，我的爱，我的良知，我的文学观和审美观。"苦难"是我无法失去的财富，是我诗歌生存之基点。

自中国新文化运动之后，从一首诗的创作和阅读中领受作者和读者所要表现的情感真实性，仅有共鸣的同类情感是不够的，还有更深层的诗化与自由。诗教是通过意象语言所蕴含的思想而存在的。一首诗的思想性，就是诗人认识的真相，是诗化后形成的存在观念，是诗意中的理性澄明。因而也是最难表现的，丰富意象与语言的智慧融合就使一首诗在语境上跨越了一般的感觉，从而抵达了意境的深层境界。但这个意境不是抽象意义的，而仍然是意象的和具象的形态，有和谐的秩序、悦耳的节奏、生动的色彩、迷人的气息、无限的想象、远近的起伏等。我的文学苦难、审美观、财富观，正是在创作或解读一首诗的完整性时，以思想与情感的不同反应来透视诗歌存在意义上的超越，并形成对诗与思的审美经验之再创造。因诗化情感叙事的思想的结晶，诗人获得理性意义的无穷拓展，由此实现它的审美目的，即乡土的"本我性"。诗与思，是诗歌的一种境界。我力求达到这一境界，也是一个"悲欣交集"（李叔同）和"苦到极处不言苦"（徐渭）的诗化境界。

乡土诗性叙事是我通过苦难诗化过程的一种独立表现和语言能力，即以乡土性完成了我的个人审美批判。我的乡土诗歌创作经验非常鲜明地带有我的本能和底色，没有谁能代替和复制我的命运。这些融入人生的最深层的痛感，最后诗化为灵魂的语言叙事。从一开始写乡土诗时，我就紧紧地扼住了它的咽喉，不使它发出痛苦的呻吟，而是一种平静的流水和风逝的悠远的回声。

相对于现代叙事，乡土诗写作是非主流的，是边缘化的，但是在诗化情感的诉求上，它仍然是主体的，是主流价值的呈现。

因此，现在新诗形成的非主流、边缘性写作，是更为纯粹的和不被功利性所利用的。而古典诗歌的工具化、娱乐性与世俗化终于将诗歌的语言与其他元素分离了出来，如音乐性、情感性、传播的时尚交际性、文化性等。诗歌成为最纯粹的、个人的、排他的和独立的一种精神现象，这个现象的出现，使我们的诗化教育变得更为另类突出，不易被人接受。这是新诗写作的状态景况与古典诗歌的诗化作用相比的差距。新诗的叙事性是否具有诗化的特质？我以为这正是考验我们当下诗歌写作的一个重要课题。

再谈谈历史上的诗化教育及诗歌写作的传统。想想古代少年是有福的。他们从小就有这些天然的诗性童趣和心智启蒙，沉浸在大自然的四季美景变化之中，背诗写诗的过程就是灵性启蒙的过程。那时有与大自然合而为一的诗性、悟性和人性，心里是一个自然的纯真的诗化世界。现在的孩子用一本《唐诗三百首》做心灵游戏式的阅读，没能让诗歌真正深入心灵，对诗歌的理解也是肤浅的，这样的诗歌启蒙是值得我们深思的。

诗教的过程也就是诗化的过程，就是要以一种诗歌的情怀、诗意的情感面对日常生活，不然，我们的诗歌生命就会停止了。诗化的过程也是喜乐的过程，因为诗化在一个诗人的内心里，伴随着的孤独、生死存亡与灵魂的追问，灵感灵性之光不断地交融和碰撞，生出生命诗化之花朵。

诗化教育或者审美语言，正在大数据时代变得更复杂和迷幻。如何重建诗化意识和教育自信，文学界和教育界都在反思，而提高对诗化教育的认识，引导国民的审美情趣，重建汉语诗性的审美体系，特别是在日常生活中，让汉语之美之秀之德之形之义回到我们的基本常识上来，倡导一种纯正自然和自由的诗风，是我们面对当下正在努力创建的一项伟大事业。把诗化还给孩子，还给生活，还给诗歌。我会在这条道路上努力探索一辈子。

2020 年 12 月 6 日

昨天、今天和明天

时间是无边无际的，看不见，摸不着，没有颜色，没有气味。我们身在其中，有时浑然不觉，有时如触生死，这就是人性的特别之处。

生死之痛是人感觉时间的唯一目的，而时间是人类贮存生死的容器，时间的存在性不以人的精神意志为依附，不是眼前的现实的苟且和真相。时间是永远向前的，没有重复。但是，当时间与人的历史产生联结，也就是与人的生死交结后，时间就显示出巨大的存在感。

一个人的生命知觉性，是通过对昨天的记忆、今天的痛感和明天的快乐而得来的。所谓的昨天，并不是时间的终结和停止，而是人的记忆的物象、人在过去的生死状态。但过去的只是人的抽象的时间，不是眼前的真实真相。此在，也即今天，才是人的活着的真实。我们谈论昨天或感知今天，而向往明天，是人活着的一种状态，是感知时间的存在的可能性。

没有时间之痛，就无法感知时间，我们活着的过程是时间存在的依据，没有活着的过程，时间性就无法得到表现，时间只是一个抽象的概念。我们要的是活着的时间，具象的时间。那么，这样的时间是人的生死的时间，跟人有联系的时间，与人共呼吸的时间。因此，时间对于人是无意义和无价值的。可以这样说吧，只有人类才是能感知时间性的地球上的动物。

当然，不排除其他动植物对时间联系的敏感性和适时性的反应能力，如花开花落、秋收冬藏、燕子归来、大雁南飞。这些动物和植物，也可以感知到时间性季节性的变化，有的比人还要敏感和快速。当四季轮替的时候，诸多植物都会随之出现相应的变化，比如色彩、形态、层次、深浅等，这就是大自然的神妙之处。

而诗歌正是承载和反映这种自然情感变化的语言艺术表现。古代的农事诗中记载二十四节气，正是对自然情感的一种科学观察和诗性叙述，是我们祖先表现自然与人性的时间性、空间性的重要文体，也显示了我们古老文化上的理性精神的超越。只有理性精神的存在才是一种永恒的时间，建立在这个精神上的时间，才是我们超越生死的一种认知。

我在写中国的二十四节气的时间之诗时，想起了西方数学家和诗人毕达哥拉斯。他通过书写数学逻辑上的天文测算，表达出一种时空观念上的联系，发现时间与生命交融的和谐之美，感受其蕴含的节奏与音乐性。这些都是人类与自然界发生的一种时空关系的抽象性的审美特征，其实也是诗人与自然界产生的时间观念的特征，如生命就像一条河流，"子在川上曰：

逝者如斯夫"，便强调了生命与时间的不可回溯性。

昨天、今天和明天，人活在这样的一个生死链条中，一旦与这个链条断裂，也就无所谓生、无所谓死了。所以，时间的绵长性与生命的短暂性，构成了此消彼长的关系。人生越长，则时间越短，人生越短，则时间越长，这个关系是生死时间关系。人如何与时间赛跑，或者，人类如何与时间抗争和融合，这是人一出生就得面临的挑战与选择。

在古诗文中，劝诫和告知人们珍惜时间的说法，可谓甚多。耳熟能详的有："一寸光阴一寸金，寸金难买寸光阴""明日复明日，明日何其多""莫道君行早，更有早行人""少壮不努力，老大徒伤悲"等。人活在世上，从出生那天起，就是朝着终极命运前行，那就是死。如果按一条直线来看，生也就是死，每个人的起终点都是一样的，人人都得死。

面对人生终极的命运，人们思考审视自己的昨天、今天和明天，就成了重大问题。这也是一个永远被追问、被思考和被发现的问题。谓之天问、生死之问和灵魂之问。对终极死亡的恐惧也考验着我们的活着。而活着相比于死的状态，到底又意味着什么？一个过程，一个过客，一个终点？于是，所有的相关的文明表述，如宗教哲学艺术与科学，都是从这个大问题上得来的。这使我们获得了精神上的不灭与肉体的消失这样一个答案。

只有精神与时间共存，只有灵魂与时间赛跑。现在有科学家发现，灵魂也是有限的，它处在未来的不断变化分裂之中。

但一个人如何获得精神和灵魂上的富有与自救？对于我个人来说，写诗就是一种精神自救，时时写、日日写、月月写、年年写，写不出来，我就喊，喊不出来，我就唱，唱不出来，我就哭，或者笑——因此，我在不断地创作着我的诗歌。

总的来说，写诗的过程是我生命修行的过程。面对生死时速的宿命，我也是"苟日新，日日新，又日新"（《礼记·大学》），保持一种"日日求新"的诗歌生活。这就是我的"昨天、今天和明天"。

2022 年 2 月 25 日

谈谈作品的深度与高度

在一次文学讲座上，有读者问我，如何理解和认知文学作品的深度与高度。面对这样一个问题，不认真思考一下，还真一时无法说得清楚明白。

说一个人有深度，又有高度，肯定不是指身高和长相，而是指这个人的思想、智慧和情感。思想和智慧及情感到底有多高，有多深呢？这是无法用计量单位来计算和衡量的。我们只能说他的情感，有海一样深，有山一样高。这是抽象思维和形象思维在审美表达上不一样的地方。有的人形象思维相当敏锐，有的人抽象思维又非常深刻严谨，这是我们在日常生活和文化审美中，判断人和事物时，区分于他人的一个综合比较标准。如果认知层次和思维方法不是在同一个层面上，交流是很难进行下去的。可见高度和深度是一个思维的方向性问题。

以此分析来看，站在同一平面上，我们所思考的视野，一个是向上的，即高度，一个是向下的，即深度。当我们向上看时，看到了什么呢？我们所怀想的映象又是什么呢？是天空流云、日月和星辰。当我们向下看时，就看到了土地庄稼、水流和田野。若再往下看呢？是大地的深处。地下黑暗的物质，深层次的事物真相，我们看不到，或看不清了。对于自然宇宙，我们肉眼所能看到的，实在是很少的一部分，有很多的事物，我们是看不见的。

对此，我们如何能更深入地看到下面的事物呢？看到我们所不能看到的东西呢？这就是我们的思想，只有思想的智慧，才能看到我们所看不到的事物。而什么是思想呢？就人类当下所有认知的局限性，还不能回答出来什么是具体的思想和物质，以及思想和物质之间到底如何具体地呈现出来。就我们所知的领域来说，人类的思想和思维认知能力已经达到了四维和六维了。通过三维和五维世界的发现技术，我们人类看到了更远的空间宇宙，比如我们能真正地看到月亮的真面孔了。

尽管它只是一个灰色的，没有任何生命特色的球形物体，人类依然在这里发现了之前所没有发现的景象和大美。人通过登上月球，看到了地球的面貌，它们的关系和运行，如此奇妙和科学，如此宏大又精密，像是被精心设计的机器。如果没有月球的正常运转秩序，地球也是不能存在下去的。这就是我们向上看的思维高度，当然还有更高的高度。人类的思想磁场，在我们的四周弥漫着，让我们永远处在被自我认知的事物中。

同样，我们通过思想的认知力度，包括科学和技术工具，探测到我们脚底下的大地，最深处的物质世界，被发现的地壳、地幔、地核，以及其更神妙的物质结构。我们能想象到，我们所处在的地球下，一切存在着的物质之间的因果关系。由这些关系，我们能预测到火山、地震和各种气候与色彩的变化，这就是我们认知的深度，它的博大和深广是不断渐进的过程。

一个人的思想程度，来自个人的不断学习和努力实践，还要善于观察事物并独立思考，树立科学的观察事物的观念和方法。而对于我们从事文学创作的人来说，特别是写诗的人来说，热爱自然和生命思考，应是必不可少的一项工作技能，更是一种深入生活的良好习惯。当我们说一个诗人的深度与高度或一首诗歌作品的深度与高度时，是从其表现的思想性和艺术性等综合认知与考量来确定的。

我写诗四十年了，对此深有感触。一个诗人的思想水平及认知事物的能力，与他能否写出一首好诗歌是有很大关系的。所谓好诗歌，就是深度和高度在诗歌里有灵魂有血肉，有思想的理性智慧，有情感，有真爱的声音。如果找不到这些表现的元素，那就没有深度，也没有高度了。平时，我在写作的时候，也这样要求自己，向深度和高度看齐。

当然，这样做并不是很容易。现实生活本身的复杂性和丰富性，自然事物中的无限性，与人性本身的欲望是成反比的。对不同的人性诉求，也不可能完全等同。这就要求创作者更深入地去思想和体察，学会节制个人的欲望。由此体现诗人在整体上的深度和高度。民间有一种说法，"托尔斯泰代表了俄罗斯文学的广度，陀思妥耶夫斯基则代表了俄罗斯文学的深度"。

如果以此将两人作比较，对于理解广度与高度和深度，还是有很大的启发意义的。文学心灵的高度，还是无法断然说哪一个更高，哪一个更低的。事实上，作家在人的定义上，都是平等的和独立的。有广度有深度，其实也是有高度。

当我们读现当代诗人的经典诗歌作品时，如波德莱尔的《恶之花》、艾略特的《荒原》、海子的《九个太阳》、洛夫的《石室之死亡》、鲁迅的《野草》等，都是十分震撼的。他们都是心灵十分强大的诗人作家，其作品的深度和高度都是后人难以企及的。因此，向这些经典大师们学习，是提高自己的深度和高度的重要途径。最主要的还是诗人自己在实际生活中的修炼和自律。一个人的灵魂，如何不被物质压垮，不被欲望扭曲，这是诗人每天面对的精神考验。

生活和写作的过程，也是提升一个人生命的深度和高度的过程。而文学又是一个让生命慢下来，不断进行思索和审视的过程，只有让心灵慢下来，灵魂的追问才可以进行深度的叙述和呈现。具体的方法，我以为有三。其一，要不时地阅读一些艺术哲学方面的著作，哲学是思考生命终极的问题的，一些经典的世界哲学名著必读之。其二，要记得每天写好笔记，将所学的和观察到的都记录下来，写日记的过程，也是锻炼自我反思、自我修行的过程。许多大家都是在这样的状态下，完成了自己的思想积累，创造了新的方法。其三，要热爱生活，尊重生命，知行合一。这些既是常识，也是真理，是我们个人构建深度和高度的基石。

记得不止一位哲人说过，一个人要学会仰望星空。这话说得多好啊！如果一个人不知道仰望星空，只顾低头走路和劳作，人性就会迷失在平庸和世俗生活中，就没有了生命的高度。但也不能只顾向天看，而忘记了自己脚下的大地，看不到底层人物，那样就不能接地气，就没有生命的深度。

　　现代思想和思维认知告诉我们，所有生命的个体与宇宙万物都是一个生态系统里的个体，都是缺一不可的存在，一个人的深度和高度也融入了其中。我们只有完整地看待这个世界，并与这个世界的共性保持平行，才是真正地活出了一个深度和高度的生命来。于诗人而言，为生命的深度和高度而活着，是其终生的追求。

　　　　　　　　　　　　　　　　　　　　　　　2023 年 6 月 29 日

读一双眼睛

常常有哲人说，眼睛是心灵的窗户。如果说心灵是一本书的话，那么，从眼睛里可以读出很多故事，很多秘密。生命有多么丰富，眼睛就有多么深邃、悠远。

但是，眼睛不是天然便丰富，需要生命的爱的滋养，也要好好地精心呵护。若没有了这扇心灵的窗户，人生就失去了光明、方向和色彩，这对于一个人来说，又是多么痛苦。所以我们说，保护好自己的眼睛，就像爱护自己的心灵一样，不让她蒙上阴影和灰尘。

而要读懂一个人的眼睛，也并不容易。

情感不同时，眼睛里藏着的眼神是不同的，眼睛里发出的光泽是不一样的。我们在生活中，与一个人交换眼神，就是在与一个人的内心交流。但交流的过程中，有喜爱有欲望，有恨有厌恶，也有爱恨交加。各种情感的信息流动、汇聚在一个人的眼光中，眼睛对视的那一刻，总会发出火花。

在诸多中外文学名著中，对于眼神的丰富和复杂进行描写的情节，是体现艺术表现人物核心的重要内容，其经典的描述成就一个作家的灵魂呈现。

小时候，我读过一部经典散文，是美国著名盲女作家海伦·凯勒写的《假如能给我三天光明》，每次读后都要流泪，深受启发。因为，从她的眼睛里，我读懂了爱，读出了生命，承受了光明。一个人的眼睛里装着一个世界，这个世界透过光，映照出灵魂。

眼睛是光明的使者，但光明的世界是人内心情感发现的源泉。一个人生下来时，看不见光，他又如何感知光明的世界？海伦·凯勒告诉我们，用声音和抚摸，用爱的心。她说，"我的眼睛不轻易放过一件小事，它争取密切关注它所看到的每一件事物""此后，我摸到每件物品，我的记忆都将鲜明地反应出那件物品是个什么样子"。就是这个故事从小告诉我们，眼睛里隐藏着的另一个神奇世界，那就是文学与记忆。

我们从一个盲人的眼睛里，读出的并不是一片空白。当光明从外部消逝而通过心灵感应时，我们看到了一个人内心的光明，并彼此照亮。这是文学与人性的交融，产生了另一种光明。这种超自然的光明，是人类永恒的精神之眼、神秘之眼。读懂了这样一双眼，我们更能获得通向人类不可知的领域，享受更高的精神审美。

文学即人学，特别是在现代文学类型写作中，对各种人物的描写，尤其能从眼神之观察发现中，体现出人物塑造的艺术水准以及表现手法的高低。我们喜欢和永远记住一个文学人物形象，往往是从人物的内在精神特征上，而眼神是对此表现的重要特质。

在诗歌的写作中，如何体现诗性的人物特性，如何从眼睛上去表现诗歌的人和事，以及那种灵魂深处的理性和感性的生动情感，也是很多大诗人深入拓展的艺术境界。这在古典诗词中尤其多见。

如最早描述女子眼睛魅力的，是《诗经·郑风·野有蔓草》："野有蔓草，零露瀼瀼。有美一人，婉如清扬。"如此美善，从自然中溢出，以清晨中蔓草上的露珠形容美人的眼睛之清亮明澈，真是太超凡脱俗了。

后有《汉书·孝武李夫人传》，写贵夫人"一顾倾人城，再顾倾人国"，虽有些夸张，却能不动声色，通过眼睛的顾盼睐视，写出了贵夫人的美色与庄穆大气。

而曹植《洛神赋》的"明眸善睐"，直接写出了美善女子的一种品行，是与生俱来的美，从眼里透出温顺和贤良。傅毅《舞赋》的"目流睐而横波"，仅区区六字，却将一个舞女的哀婉和爱怜之眼神，淋漓尽致地表达了出来，令人怜爱有加。

唐代李贺《唐儿歌》中有"一双瞳仁剪秋水"，元稹《崔徽歌》有"眼明正似琉璃瓶，心荡秋水横波清"，晏幾道《采桑子·红窗碧玉新名旧》有"一寸秋波，千斛明珠觉未多"。这些都是以诗歌形式抒发人性中最动情的和最灵动的眼神，是审美世界中的通感神经，呈现了我们传统文化中人物美的精髓。

小说《红楼梦》对美女眼睛的描写是文学人物表现中的经典，如林黛玉有"一双似喜非喜含情目"，薛宝钗"眼如水杏"，王熙凤"一双丹凤三角眼"，等等。曹雪芹擅长表现人物的精神气场，他通过描写人物的眼神，充分表现人物各自的心理活动和性格特征，这也是《红楼梦》艺术性的显著特点。

　　读懂了一双双眼睛，就读懂了一个人性世界，"眉蹙春山，眼颦秋水"。这样的一双眼睛，唯曹雪芹才能写出。这是他内心世界对一个朝代的幻灭，深入生命苦难的高度透视与阐释。在我们当下的文学和诗歌里，又有几人真正读懂了一双眼睛，并写出了这样的世界呢？

2021 年 1 月 30 日

心灵的守望

青年时代读过一部著名的小说《麦田里的守望者》，由美国作家塞林格创作于 20 世纪 50 年代，被认为是 20 世纪美国文学的经典作品之一。作品主要叙述和揭示了当时美国高度发达的及物社会中处于中产阶级的后代青少年问题，他们迷失自我，离家出走，逆反于主流世俗，抵抗父母束缚，寻找童话世界的理想人格，从中折射出强大的成年世界对于少年生活的扭曲的荒诞真实。

小说一出版就轰动了欧美各国青少年，他们学习小说的主人公，讲粗口或扮先锋另类，向家庭、社会、学校等发表不满和抗议，并在行动上做出选择，独自或组织同类爱好者，逃离城市，回到乡村田园旷野，自由自在、无拘无束地享受自我的生活。读过之后，我想起诸多中国文学作品中的青少年形象，很少有这样的写法，这给我以强烈的震撼。

客观地认为，这部小说并非少年本身的读本，里面的思想和文辞语感表达多少也不适合于中小学青少年阅读，有许多粗口和秽语。这些都是来自成年现实生活中的不良迹象，也会成为孩子们的心灵暗影，从而投射到少年的生活习性中。但小说的语言主体是阳光的、明亮的，充满了童心幻想的诗性抒发。因为我是从农村来的，又叫田禾（田中的禾苗），我是稻田的守望者，一个麦田，一个稻田，让我对此充满了阅读后的期待和联想，二者合起来，就是我的心灵的守望者。

守望心灵，心灵如后花园，她既强大，又弱小，既坚固，又易脆，有人比喻为"玻璃心"，还有人喻之为"心田"。因此，心灵是需要精心呵护和守护的。守望心灵，就是保护好生命的土壤和源泉。这是每个人的心灵生态之必然需要，也是自然生态生长的条件。有一首红歌大家都能唱的，"雨露滋润禾苗苗，万物生长靠太阳"。如果一个人的心灵没有阳光，没有雨水，没有精心耕耘和守护，这颗心灵会枯萎，会丢失和迷失。特别是少年正处在成长期，更需要我们成年人的爱护。我的童年时代基本是在苦难中度过的，要说我的心灵守望，恐怕没有多少人比我更懂得这个道理。

世上万物，各有其位，人有心灵，也是各有其命。人的命，有的苦，有的甜，但人生没有绝对的苦，也没有绝对的甜，合起来才叫一个人的命运。担当命运是要一颗强大的心脏的，有时候苦，你得挺过去，有时候甜，你也得经受住。所以，心灵有时候很脆弱，弱得像一丝气息，一灯火苗，有时候却又非常强大，强大得如钢铁。

所以，人类的心灵是一个特别的东西，说是物质也好，神器也好，她在一个人的肉体内跳动着，一旦停止跳动，一个人的生命也就结束了。但是，心灵可以通过另一种神奇的力量，从死亡的肉体飞出来，变成另一种存在，那就是灵魂。一种无形的精神的东西，扩散于另一个人的心灵中，可使一个人复活在另一个人永恒的记忆中。一个人的灵魂不死，是指一个人的生命变化为另一种形式而存在着。在还没有任何科学证明人的灵魂也是物质的存在之前，这个结论还是正确的。我们的心灵存活在我们的永恒的诗性世界。所以，我认为诗性存在是心灵的灵魂守望者。灵魂是诗性的使者，有灵感的心才会有诗歌。

守望心灵的人，一定有一种特别诗性的情感生发于生命的周围，他对一切有生命特征的事物有着特别的敏感和感动。同时，他又特别地坚守自己的心灵阵地，不被外来的物质的尘埃所蒙蔽。我曾在一次诗歌讲座上，给同学们讲苦难是人生的财富，讲了我个人的亲身经历，讲了在苦难中寻找诗性的审美的重要性。其中，讲到我的童年那一段经历对我的深刻影响。绝望和痛苦长期萦绕于内心，无法释放的时候，将形成一种力量喷发，一种是爱，一种是恨，正如《麦田里的守望者》所描述的那样，少年心里一定要有诗性的事物出现，要有美和善相遇。

诗人保持童心童趣的情感，是守护心灵不被侵蚀。一个怀有童心的人，是真善美的纯洁彰显。由于童心对事物的认知相对简单、直接和不受拘束，也会弄出恶作剧和荒诞的事情。这个时候，就得认真对待和分析童年的心理，正确地引导这一现象，不被成年固有的观念、陋习误导和扭曲。

守望心灵使我们思考，为什么受尽苦难的安徒生能写出如此感人的童话作品，那些一生都生活在富贵豪奢中的人，反而对这个世界充满了罪恶感呢？这是值得我们深深地研究和反思的。人类演化之于人性中的文明发展，是在有共同的生命价值观中实现的，除了努力地消除贫困和各种不平等，对于生命的普遍尊重和热爱是人类的共识和底线。我们守望灵魂，我不止一次与诗友们讲到我的幸运，就是从小知遇的心灵引导是诗歌。古老的诗词艺术给了我母语智性的启蒙，从小想象和沉醉在诗词里，在自然四季变换的诗意世界，让我找到了诗性的心灵对象。

这是我逃离世俗苦难的一个出口。尽管当时对诗词的理解和写作是很肤浅的，写的句子也很简单幼稚，但那份执着和真诚，以及动机的纯洁和美好，保有了诗歌的自然情愫，让我守住了心灵的底线。加之我父亲是一个极虔诚的庄稼人，生活在纯朴和亲近的自然泥土中，他的辛苦、勤劳和善良，他对土地和庄稼的热爱，是通过他躬耕劳作的背影深深地刻在了我童年的记忆中。

在我的生活中，不论发生什么变化，是当初在翻砂厂当学徒工也好，在工地上打零工也好，是后来进城做图书发行生意也好，还是当专业作家也好，我都守住了一颗童年诗心，不至于让她在人性至暗的时刻泯灭。当我的写作接近晚年，每忆起童年诗心，就对生命充满了期待和敬畏。一个人如何守住心灵，去过一种有灵性的诗意生活？我个人提出几点建议：一、要不忘初心，时常在生活中警醒自己，不断地学习和提高面对世俗生活的审美能力。这是一个人的世界观、人生观和价值观的具体呈现。二、忠诚地与大自然保持亲密接触，自然性是一切人性的母体和调适器。我写乡土诗，写二十四节气，写故乡风物，写农民故事，写乡村爱情，都是我心灵的守望。三、要建立当代心灵的生活园地，就要培育一种诗性空间，一种自然的生态环境。无论是阅读还是生活，以开放包容的理性胸怀，能接纳万物和谐生长，同时，又各自成为每个感知的生命，自我成长在季节里的一部分。只有让阳光里的诗性照进每一个灵魂的守望者，这个世界才会是我们诗意的栖居地。

2022 年 9 月 25 日

今天的人们为什么不读书？

我们经常听见身边的人唠叨今天的人都不读书了，真的是这样吗？

我个人做了一些简单的调查，不读书的人相对来说还是占少数。我们要分清楚什么样的书有人读，什么样的书没人读，或者说是喜欢现代意义上的阅读，还是古人的求功名式的阅读。这样区分出的类别是很多的，如果还是遵照古人的读书法，这样的书还有吗？而学而优则仕的功利性，早就被我们历次变革所否定。读书不只是为了做官，但正是这一条维系了古代社会读书人的整体格局。与"书中自有黄金屋，书中自有颜如玉"这样的实用性诉求相对应，实用主义盛行，中国社会的发展变革，正是回归了这样的一个事实。而职业作家的理想，就是务实的人文主义读书和写作。

我们回想那个刚刚开始改革开放的 80 年代，那才是个读书人多的年代，人人读书如饥似渴，夜不成寐，各种稀奇古怪的读书新鲜事也天天在发生着。比如走路读书撞到树上了，还问"是谁撞了我"的陈景润，他的故事一时传遍大江南北；还有残疾青年张海迪，她在家读书自学英文的故事感动了无数人。那时，在农村有成千上万的学子日夜苦读，备战高考和自考，或者自修文学写作，"头悬梁，锥刺股，匡衡凿壁，孙康映雪"的故事也层出不穷。这是古代人读书的故事在80年代的复活。

而最感动的是，老师们用近代革命先贤报国的读书观来鼓励我们读书。如周恩来的"为中华之崛起而读书"观，李大钊的"为真理而读书"观，等等。特别是二七大罢工著名的工人领袖施洋的读书典故，更是让人感动。

这是当时大多数穷人家孩子立志报国读书的基本真实。就是到了80年代初，在我童年的时代，我自己也经历了那个求知饥渴的过程。不过，我读的是文学诗歌方面的书，每天晚上都是点着煤油灯读，而且不敢将灯芯挑得太亮，太亮了怕煤油燃得太快。第二天一大早起来，鼻子和眼睛周围都是一层黑圈，让人忍俊不禁。相信大多数文学青年，都与我有相同的阅读的苦乐感受。当读书成为每个人的第一精神生活需求，读书才可能成为普遍的现象和行动。

反思现在，我们几乎看不到这样的读书行动了。不是书本身失去了存在价值，而是书本身在发生变化，我们的精神需求和求知目的发生了变化，我们的生活方式发生了巨大变化。但很多人还停留在过去的读书观念和阅读习惯中。抬眼一看，当然这世界上就没有几人在读书了，他们在读手机，读图画，读游戏，读大数据。这些都不是严格意义上的书籍，却是一种书的载体和形式。所以，当我们分析为什么再没有人读书了，这样的问题便不难说出答案。书还是有人在读的，只是读的内容和方式不一样了。

那种十亿人同时读一本书，一样的书一样的情感，这样的景象越来越少，也很难再有了。当然，如果是读经和搞文学经典，还有创造一种畅销书流行的模式，这样的读书情景也是时有出现的。在商业文明时代，一切皆有可能，将一本通俗的书炒作成全民的读本。当代人的生活，一方面离不了读书的有实用论模式，另一方面，过于功利的读书目的又失去了休闲的意义。这两种读书方式，如何均匀地发挥作用？这才是调动全民阅读的一个关键因素，这是我们当下要解决的一个重要的文化问题。

如何读好书，构建一个良好的公共阅读环境和公共空间，不应只是学校教育界的事情，整个社会和政府都要高度地重视起来。我们倡导和培育一个全民自我阅读的风气，让更多的人能受益于阅读生活，这对国民的道德修养提升、对当代人性民族精神意志的自信融合，都有着更深刻的至关重要的影响。当前，我们的社会整体风气是对读书的渴求不高，主要来自国民素质的提升还停留在过去的旧习中，是一种被动阅读，是为满足市场的阅读。一说什么东西赚钱，就出版生意经、市场经和商业谋略之类的书，一说什么能提神养生休闲，就出版什么黄帝内经、心经、茶经、中医草经、壮阳秘方书等，各种养生之道的书籍满天飞。而真正的心灵智慧和灵魂叩问之书，却少有人问津。

改革开放四十年，前二十年，我国是全民经商下海，所以生意经、消费经和金钱享乐经，风行大街小巷，后二十年，我们部分人有了钱，但为了赚钱输掉了身体，各种心理疾病精神病和癌症等成为社会巨大的危机。这时，人们开始提倡生活质量、休闲养生和促进精神健康理疗，很快一个以休闲文化为主题的影视旅游养生的产业发展起来，由此带动了一个阅读休闲艺术收藏的图书市场。相反，文学诗歌却被束之高阁，或沉入民间乡里了。最不景气的图书消费是文学诗歌类，一度陷入沉沦之境。

过去是以庞大的文学小说和诗歌读者群形成了全民阅读的一个高潮，那时是一个及物化的启蒙时代，人们在物质极度贫乏而精神又极度亢奋的社会，通过文学诗歌的情感诉求和抚慰，完成了中国社会改革转型的历史性重构。由此，我们的读书进入后现代阅读时代。这个时代，读书或阅读明显地是在物质基础上消费极其丰富而人的精神十分贫乏的过程中发生的。这个后现代阅读时代的高潮的形成，以影像图式和大数据手机、电子书游戏等阅读形式爆炸式地展开。这样的一个大阅读社会，以至于淹没了真正的读书人。这才是深层阅读最感到忧虑的地方。

但是，无论读书人发生了什么变化，我们所希望的那种真正的读书人还是存在的。对文学经典的阅读，对哲学艺术和科学原创的阅读，对人性苦难深处的揭示和悲悯抚慰，对大自然诗性的深厚的敬畏，这都是读书人自古以来的终极意义。也许在不久之后我们将进入超人和机器人社会，人性的孤独和不可复制性的情感诉求，应是我们在这个星球上最后的挣扎、抗争和融合。在这百年之大变局里，是一场人类交响诗和共同体的大命运阅读，读书的人每一个诉求构成了我们今天的文化现实。在此，我祈求读书人回到本真和自然之道中来，好好地珍惜和热爱读书的生活。

2020 年 9 月 29 日

诗人的幸福

人这一生的幸福，真不知道说什么好。有记者搞调查，到街上去随意问行人，"你幸福不幸福"？结果弄出很多的笑话。

有时写诗，写到水穷处、不见云起时，心里就憋得慌。有的人，诗写不出来了，就写散文，散文写不出来了，就写小说。可我偏不，我是个犟脾气，越写不出来，就越要往里写，越写越犟。为此，也不知吃了多少苦头。

我对待自己的诗歌写作，从来不会马虎半点儿的。至于说什么是幸福，就我而言，一首好诗写出来了，就是幸福。其实，这看似极平淡的事情，却也包含了轰轰烈烈的过程，能做到平淡是真，那是很不容易的。人能做到本真，就是幸福。

这不是我一个人说的，或者自说自话，我身边的诸多好友都是可以看出来的。当有人看到我就说，"田禾老师，是不是又写出好诗来了，那么高兴，笑得嘴都合不拢了"，他们算说对了。我的确是写出了好诗，才会自然而然地显得这么快乐。往往是在这个时候，我寻思着我的活法，我的喜怒哀乐，我的诗歌的写作，就这么深刻地融合在了一起。因此，它也就成了我生活中最大的幸福吧。

诗人应该把一切看得淡些，不要过于追求名利和浮华，平淡是真，真就是实实在在地过好日子，这是我的幸福。我很少说岁月静好，真实就是我原生态地活着，在苦痛中思考人的终极意义，因为我的真实生活就是这样的。当我幸福的时候，他人可能就会痛苦，他人痛苦的时候，我可能就会幸福。这样的逻辑推断，让我感到不安。比如，做一个诗人，当他处在最理想的状态时，与其他的一些人是无关的，甚至是冲突的。这并不是说，诗人一定得远离人间烟火，或者不食人间烟火。

当他具体的生命和生活与这个世俗的目的是一致的，那他还有什么可写的，他还怎么能写出与众不同的诗歌呢？但是，当一个诗人的幸福远离了对人性情感真实的感受，比如爱情，或者母爱，他同样地也不能感知到我的对生命真实的存在感。所谓存在感，就是痛苦与欢乐，真实与虚无，与此是合而为一的一个整体。

幸福与不幸福，彼此是互相依存的，也是对立统一的关系。因此，在面对诗性事物的时候，一个诗人的存在感受是痛苦中的幸福，不是幸福中的痛苦，首先是痛苦，然后才有幸福，而不是相反。

大文豪托尔斯泰的小说《安娜·卡列尼娜》，开篇有句名言："幸福的家庭都是相似的，不幸的家庭各有各的不幸。"这话道出了幸福社会的存在复杂性。人性，不是一个物质化的、同质的词。我们的生活本身，如何界定一个人的幸福，有某种统一的标准，那么有没有诗人的幸福的统一标准？如果写出好的诗篇，是一个诗人的幸福，那么这是一个最基本的条件了。我作为一个诗人，我认同这种写作价值。诗人的幸福，就是写出好的诗。

如何描述这种写诗的幸福，它的存在及其美的感受是什么？这才是我要深度思考的、需要诠释的一个最彻底的问题：平淡是真，真就是幸福。

当众多的诗人纷纷地写诗，只是为了相信生命中绝对的痛苦的定义，诗只是作为苦难救赎的存在，那么，我们后天的所有努力，我们所承受的一切幸福和快乐，也就是寻找和发现人性善恶中的真相和真理。

诗人天生多异禀，他有与众不同的个性，如果诗人内心最真实的诉求和情感能充分地抒发出来，他会得到精神世界的莫大抚慰。我们知道，大多数诗人的写作并没有达到这种状态，而更多的是停留在诗歌的表象的观照中。诗人在表达个人情感时，只有在灵感和激情的撞击之后，才能擦出火花，如果诗人的激情在燃烧的过程中，太过激烈，理性的情感会互为削弱，从而会影响人的智慧思考及全面认知理性的能力。

所以说，要写好一首好的诗歌，真是不容易的。我写诗写了这么多年，真正幸福的日子不是很多。我写《喊故乡》的时候，岂止带血的呐喊呢？那是灵魂带火之后，在语言的深海巨浪里燃起的一种火焰，是大地起伏的狂风暴雨，是情感和理智的互相碰撞。只待这一切平静之后，我的幸福才终于来临。

诗人的幸福，只能是语言的闪电划破平静的水面，泛起的一阵涟漪；诗人的幸福，是母语感化的节奏，扫过原野上死寂的孤独。总有一些草木留下了一缕清香，总有一个不存在的灵性在自然之外游荡。在这样的情境之下，诗人仿佛进入了语言的王国，他是他自己的国王，也是自己的平民，在语言的宫殿里，为他自己戴上草帽的王冠。

而平淡是真，真是一种理性的情感，唯有真实性情的人，才不纠结于内在的虚浮和复杂，而是简单、从容和坦然，对事情常抱有平常心。既不高蹈虚妄，也不妄自菲薄。当我在日常生活中，减轻对生死的一种自我负重，能善始善终，便是幸福。我们不再纠结活着的过去、现在和未来的意义，而是活在当下平常的眼前，在利己和利他的人生关系中，顺其事物的因果秩序发展，不再一刀切地分为主次上下的等同，一切都不再为这个世界的失去和拥有而患得患失。如同挥就自己的附丽长刀，要向这个世界宣战。我们对于平淡或者平凡，为什么会有一种心理恐惧，这正是我们所不曾获得的一种现实压迫了眼前的理性的思考。

当我们能平静地面对一壶久候的未煮热的茶、一支尚未燃尽的烟、一杯正在散发能量的酒，这个世界就能简单下来，与我们的心率同频。你我就可以在此时倾心，回望和眷顾那些逝去的日子和云烟。当故乡的老炊烟升起，老牛背着夕阳下山，我们还有什么是不可以幸福的呢？

针对人生万象的浮华名利，在喧哗和骚动中，透过现象就能看到本质。生命的内在精神与外部的物质世界，并不是同一个思维，人有多层面的诉求。人之所以求取永生的幸福，恰如死亡痛苦之现实，是幸福者的同一个永恒定义的两个面。生命如此易逝脆弱，又如此坚实绵长，而人的欲望之双向性满足不了在同一个面上。这个悖论才是生命的本质和真相。

　　一个诗人的作品透视着事物的本质和简单，但简单背后，却是千百次的频繁往复。语言意象及形式生态，语言意象及形式特征，必然呈现着我们内心的情感理性、智识与审美的生态诉求。随着晚年将至，我时常坐在书房里，发一阵子的呆，写诗的日子也越来越简单，思想的起伏也愈来愈平淡。偶尔想起来，阳春三月的武大樱花，如云似霞，又听到夏日的东湖，春和景明，水波不惊。我是一个从乡下来的农民，我的父母亲还在地头里等我回家吗？他们若是脱胎换骨了，来到新的人世间，那他们还是否记得自己的儿子？这是我在一首诗里的幸福，更是一种疼痛。此时，我正在写着这些伤悲的诗，我的苦难都化作了时间的语词，汇入那条故乡的不息的河流中，与我苦难的父母会合，那就是我作为一个诗人的幸福。

2022 年 3 月 19 日

阿 Q 精 神

稍有文学常识的人，都会知道阿 Q 这个人物。特别是搞专业文学评论的人，若不知其中的阿 Q 精神，那是不可能从事当代文学评论工作的。

只是有些人并不明白这个精神的所指，其真正的社会价值何在。这被虚构了一百多年的小说人物，至今还活在人们中间，并不时地被有知识的民众弄出来，痛骂和批斗几下。

说实在话，对于阿 Q，我已经不在意他是否对我产生了深刻的敌意，或者说，我是没有什么激情再来批判这个人了。有时候，我只是会心地一笑，便带过了。就拿当代的人来说，活在这个世纪里的种种表现，也不过如此而已。又有什么好批判的呢？要革命的呢？又忏悔又反思的呢？这都是我们当代文学写作的行话了。

我的想法现在可能还有些不合时宜，毕竟对阿 Q 精神的批判，仍然是当下一门研究民族精神的显学。诸多学者专家及大批的从业者，从对"阿 Q 精神"的深刻批判中获得了各种利益和荣光，比如各种鲁迅文学奖、鲁迅研究，各类大学机构、专家教授学者的成果，以及鲁迅之文学创作，在国内外或民间设立的各种奖项，不论是在官方，还是民间，相互的话语权争抢和比拼还少吗？但是，这些与"阿Q精神"似乎又没有什么本质的关系。

真正有关系的，是不会说出来的，那是隐藏在灵魂深处的人性弱点，或者原罪，我们无法用我们的肉眼和肤浅的知识揭示其真相和真实的目的，而这种目的的终极价值又是我们无法进行科学分析的。如果说人性的精神诉求是可以科学观察和分析出某种结果的，那也只能是后来的心理学，或叫精神病理研究了。现在的心理学医生多如牛毛，并成为当下的一门新职业和生产模式。如果通过数据分析而得出人的精神密码，那么，阿Q的精神胜利法也是可以进行科学理性分析，从而寻找到理疗的新答案和方法的。

但是，人的本质存在决定了人的精神实质。人性弱点是与生俱来的基因传承，基因又是在一个生态链上的，可延伸到分子、原子和粒子，以及元宇宙的量子纠缠等问题。在康德、达尔文、黑格尔、弗洛伊德、荣格与叔本华和尼采时代，对人性的弱点进行艺术的创作实践与拯救，则带来了一个世纪的人文精神的繁盛。人的生命存在及其智识等，都有这方面的哲学意味，创造了西方一个众星拱月的人文复兴时代。

鲁迅正是从这些人的知识体系中获得了某种启示，而从事了中国人精神的创建。以国民性批判为主题的文学，通过革命和改良，诉诸现代文学作品的人性揭露与启蒙性，并力图重塑国民性（即现代社会的公民人格），与传统的人治社会人性关系之间共融共生，以树立现代国民观念意志上的存在尊严。而什么是国民性人格塑造？与之相反的是，找出"阿Q精神"的缺陷，建立现当代国民性人格，首先就得去除中国人身上的"阿Q精神"。这是后来当代中国主体文学叙事的一条主轴线。

人有时以精神之意志而获得超常本能的力度，并成为这个动物世界的主宰。当一个人有足够强大的精神心理意识，他就可以在本能的世界里为所欲为，不为异己之力所动。因此，"弱肉强食"的自然秩序必适应于作为强人的要求，而变成了人类社会的秩序。如果是这样的话，那么，我们的所有现当代文明也就到此为止了。

如此看来，"阿Q精神胜利法"是这一人性真实的普遍性，存在于我们人性弱点的认知世界。不仅仅是在中国人身上，就是在外国人身上，同样也有这样的性格特征出现。只是他们并没有把这种人性弱点放大集中在某一个具体的人或作品人物上，去呈现文学的时代性和有效性。而鲁迅先生笔下的阿Q形象，却是代表了一个时代的整体。

所谓"民族魂"是那个时代的精神赋予鲁迅身上的中国理想人格，汉族人的"民族魂"若都是鲁迅，那么，后来的所有关于革命的理想主义行动，则将完全是另一种文学精神的表现了，因为鲁迅从没认为他是"民族魂"。那么，他所塑造出的这样一个典型的小说人物阿Q，也不是具体确定的。在现实生活中，这样的命运整体呈现，也是比较少有的。阿Q此种人格的毛病，比如，所谓的自卑自恋，自大自欺，或怯懦胆小，欺软怕硬，占小便宜；或好事惹事，自作聪明，或人云亦云，偷懒模仿；或好逸恶劳，死爱面子活受罪；等等。这些人格上的缺陷性，几乎全在阿Q的行为上能找到。他代表了几乎所有人类人性弱点的全部。因此，一个世纪以来的文学之不朽，实际上乃鲁迅发现描写人类人格之不朽。

后来，特别是知识分子、精英群体，每读到《阿Q正传》时，不论是谁，什么身份，所谓"国民"也好，"臣民"也罢，都会情不自禁地想到自己，内心会时有惊恐和不安。"我心中不是也有一个阿Q精神胜利法吗？""我与极力批判的人、自我革命的人，不正是我与阿Q之间的一步之遥吗？"以至后来发明了一个文学审判新成语，叫作"对号入座"。而文学创作呢？就变成了一个揣摩人心私密的"技艺"了。

有一段时间，这些技艺式写作就特别地派上了用场，并特别流行。从上层著名作家文人到下层草民贩夫走卒，都是一些虚妄、狂妄和假大空的词横冲直撞。这些集体式的写作，都是因为避讳一种"国民性"的人性弱点，而从事了"文过饰非"的理想主义宣传，我不是阿Q，远离阿Q，逃避和掩盖阿Q，就成了一代人集体潜意识的写作。

小时候，我读《阿Q正传》或者看这部电影，只是感受这个人物的滑稽与好笑，并将这种好笑也用于对身边人物的嘲讽和戏弄。严顺开演的阿 Q 是很成功的，特别形神兼备，以他的形象指认，从我们身边还能找到原型。其实，他们都是一些非常弱势的可怜的边缘人。我在诗歌创作上，对这些人物是怀着怜悯之心去创作的，是感同身受的，恰不是为了某种批判的批判。

事实上，我们几代人深受国民性批判的影响，只是被动地接受了这一历史现象。我们从事文学诗歌创作，也是基于这一主体价值，这样的文学时代，个个成了革命性的文学干将。这时候的整个文学生态，也只能是一个非良性的循环体系了。

当我进入中年和老年阅读写作期，对于"阿 Q 精神"是否与现实生活中具体的国民性批判挂钩，又有了个人的新思考。

全面否定传统人格，而新的人格尚不能建立起来，这是我们当下民族文学创新的一个困境。因此，现在看来，一百年来的中国新文学，应当有一种新的认知与发现。如何对待"阿 Q 精神"，是否上升到整个国民性的劣根性，我们需要拿出另一种勇气来，重新审视我们的过往与文学经典、文学思潮的走向，这是新一代文学人的历史使命。

2021 年 7 月 2 日

诗 性 阅 读

　　在大数据时代，谈读书之道，可能有些不合时宜，但保持读书的习惯，对提升一个人的生活修养、丰富生命的意义，又如此重要。事实上，现代人接触读书的机会还是很多的，国家也倡导全民阅读。孩子不读书，家长就有责任，家长要督促和引导孩子读书，家长先要自己读好书，才可避免被孩子嗤笑。孩子问了一些书本上常有的知识，你一问三不知，岂不难堪?

　　我们几乎每天都在读书，感觉一天不读书，就会被时代抛弃，与生活脱节，会寸步难行。在车上，在飞机上，在路上，读书的人是很多的。读书已成为现代人的一种生活方式，只是我们在阅读什么书上，有很多不同而已。比如电子书、网络书、手机小说、有声读本等，也是一种阅读，并且是现代人中普遍的阅读方式了。

　　为什么还有人强调另一种真正的读书呢?比如纸书的经典收藏阅读、场景阅读、专业阅读、诗性阅读、综合有声阅读。还有一种古老的读书方式，更是令人神往，即吸引人们更深入思考的心灵阅读。

我以为，现代人所强化的"读书"，应当是一种"诗性阅读"体悟。"诗性阅读"就是心灵的悟觉活动，强化生命情感的灵性发现和理性思考。我们常说，有些文字好比"心灵鸡汤"，也并没有错。心灵是需要营养的，这种营养包括物质元素和精神元素，二者是并行不悖的。

阅读"心灵鸡汤"作品，是补充精神元素的一个过程。补充的质量好不好，与这个过程的生态很有关系。这个生态表现的形态，就是"诗性阅读"。生态关系在生命意识活动中，由读者心灵的感觉思维认知与诸多事物构成互动、融合与反馈。比如愉悦、开悟、兴奋、感动、悲悯、安静、凝神、想象、慰藉、升华等，这就是一种诗性阅读促成了一种磁场效应，使得心灵吸收了各种情感元素，让生命更有质量地提升。

在实际生活中，由于人的生存条件的各种局限性，这样的阅读时间是不多的，也不是随时就有的。"诗性阅读"可遇而不可求，但人们通过一种心灵仪式和在场感的培育，也可促成诗性阅读的效果，这是当下人们获得诗性阅读效果的普遍方式。诸如读经、茶艺、诗诵、书法、琴艺、旅行、灵修、瑜伽等，这些古代人的心灵生活方式，已成为当代人诗性阅读的途径和内容。

当诗性阅读上升为一个人的审美经验，并被记忆和传诵，就是诗歌的呈现。这个过程具有戏剧性和陌生感，使得心灵阅读从文本仪式转向抽象思维的精神生活，这是读书和阅读的最高形式。所以，有人说，写诗的人多了，读诗的人少了。事实上不是的，是诗性阅读者多了，诗人少了。时代对于诗人有了更高的要求，一个诗人应是诗性阅读的集大成者，当"读书"的人能普遍上升为一种"诗性阅读"，社会的人文生态会得到极大的改变。人们更热爱于一种艺术化的生活，生命的精神元素会更为丰富和活跃。

2021 年 9 月 19 日

苏东坡的"粉丝"

在这个大网络时代，崇拜喜欢一个人，就变成了他的"粉丝"。

对我而言，"粉丝"这个词用于形容自己所喜欢的偶像的热度，真的并不十分准确和雅观。如果自己是粉丝，那偶像又是什么呢？吃粉丝的人？这样的粉丝也真的太难食了。这些网络生造的词，的确没有我们过去的语汇美，比如崇敬一个人，只会说"我是你的学生"或者"我是你的弟子"。

让生造的网络词泛滥，将来我们汉语精华不被毁了才怪。我这样说，不是没有根据的，现在网络语，每天造词造字的速度是很快的。一种半洋化、半网络化、半中文化的写作文体，正在深入中小学生的作文里，并且成为时尚。据网上的信息，网络语言的研究已成为语言学新的研究热点。随着研究的深入，一门崭新的语言学科——网络语言学应运而生。其发展十分迅速，并得到学术界认可。

这也说明了网络语言成了当下我们语言表达的一部分。

语言也不是永远静止不变的东西，作为人的一种情感和认知的交流工具，它是随着时代的变化而变化的。我们从文言文到白话文，这个经验经历都有了。而东坡公又能奈何得了语言发展吗？"粉丝"就"粉丝"吧，总比"坑爹"好得多，何况坡公也是个"吃货"，网上自称是苏东坡的"粉丝"的还真是不少。自"粉丝"这一网络词流行之后，到现在是更多了，各种粉丝层出不穷。若说全民是坡公的"粉丝"，那真的也是不为过的。

我也是个吃货来的，我说我是坡公的"猪肘"岂不更好？我们又是如此喜欢吃"东坡猪肘"。感恩他发明了这道味美、色香又诗意盎然的佳肴。坡公不但会做猪肘子，还有别的美食也是"五味"俱全，"六色"俱美的。他不但会吃、会做，还更会写，每做出一道好菜，就要为此写一首诗。这样，诗文和菜肴一道地深入人心，一样地永恒不朽了。

如"东坡肘子""东坡豆腐""东坡玉糁""东坡腿""东坡芽脍""东坡墨鲤""东坡饼""东坡酥""东坡豆花""东坡肉"，等等。《东坡八首》诗句"雪芽何时动，春鸠行可脍"，苏东坡自注："蜀人贵芹芽脍，杂鸠肉为之。"春鸠脍，就是芹菜炒斑鸠胸脯丝。后称东坡春鸠脍。这么会吃又好吃的文人诗家，世上少有，唯有坡公第一人。

这些"好吃"和"善吃"的美食故事，在其诗文中都有翔实生动的记述和描绘。后人可以根据其诗中的意味和妙语，如法炮制，做出一道道人间美味。称坡公是中国文豪美食家，是名副其实的。后人有大批好食者，争当其"粉丝"也是情理之中了。

坡公被贬到黄州后，从天朝命官大红人，一下子变成了自耕自足的草民。他就洗心革面，自省反思，以诗会友，开荒种地，自得其乐。可以说，这正是他的朝廷华丽诗风转向大民间视野大情怀的开始。他亲自放牛喂猪养羊，煮"东坡羹"，做"东坡肉"，酿"东坡酒"，他仰慕唐朝大诗人白居易，决心也要做他那样的诗人。

想到白居易垦荒种花自命为香山居士，他刚好也在东坡种地，便取名"东坡居士"，从此美食美酒美诗不断被坡公发明创造出来，不似朝廷权贵，却更似精神贵族，沉醉于自己创造的诗性世界。他甚至写了一首《猪肉颂》："净洗铛，少著水，柴头罨烟焰不起。待他自熟莫催他，火候足时他自美。黄州好猪肉，价贱如泥土。贵者不肯吃，贫者不解煮。早晨起来打两碗，饱得自家君莫管。"这样的诗歌题材是很难登上朝廷正统文人的大雅之堂的，但在民间百姓和浪人中间流行畅通，因其烹制猪肉之做法及味色之美，丰富了人民的生活享受。独见其诗性品质对世俗民间生活的真诚与热爱。

坡公性格好吃喝，并不仅仅是满足一己之私欲，而是乐于与人分享，招待亲朋好友，去劳动创造和发现新的口味美食。他喜欢羊肉汤，他写道："秦烹惟羊羹，陇馔有熊腊。"可见他之诗性的直觉与口味和敏锐的观察，深入民间生活与一地一物之性情，如此之娴熟和亲切。一次，与友人们畅饮时，坡公突发奇想，将竹笋和猪肉一起炖煮，一尝，味道不错。自此有了文人"一日可无肉，不可无竹"的雅习，一时风行大江南北。后来文人画竹、写竹、种竹、食竹，一生一世与竹为邻，乃源于苏东坡之好也。

对于他来说，美食之诗，既包含了一种生活的态度和审美，也隐喻为人处世之道和对诗性生命的修身思考。如"秋来霜露满东园，芦菔生儿芥有孙。我与何曾同一饱，不知何苦食鸡豚"内含深刻的自然之道和人生相处的哲理。坡公吃到了一位老妇人做的饼，也题诗道："纤手搓来玉色匀，碧油煎出嫩黄深。夜来春睡知轻重，压扁佳人缠臂金。"这诗何人能比？

诗中有食，食中有道，美食之道，民之所求，文以化之。如饼："小饼如嚼月，中有酥和饴。"野菜："时绕麦田求野荠，强为僧舍煮山羹。"雨和笋："长江绕郭知鱼美，好竹连山觉笋香。"酒："明月几时有，把酒问青天？""我饮不尽器，半酣味尤长。""偶得酒中趣，空杯亦常持。"荔枝："日啖荔枝三百颗，不辞长作岭南人。"这些都是对美食人生的真实感怀。一种积极的生活认知方式和方法，融合在他的大命运与小生活的细节过程中。

坡公的诗词，其中有很多与美食有关，是他诗心发现和创造的重要部分。如《菜羹赋》《豆粥》《鲸鱼行》以及著名的《老饕赋》。这些诗词多来自生活的实际境遇，不是他的自我炫富和玩弄才情，是将自己的人生际遇同实际的劳动生活融入其中。因而，这样饱满丰富的生活，才是一个伟大诗人所要过的生活。不仅如此，我们可以在坡公的美食诗词里，寻找汉语的美食源头。中华文化的血液里，不息地奔流着坡公的诗性精神。

当代著名诗人顾城，有一首古体诗是写苏东坡的，我认为写得非常到位、准确，简洁明了。他把坡公一生的诗性特质全写出来了，也高度概括了苏东坡所处的时代变革与一个大诗人命运的起伏沉浮和波澜壮阔。

炎凉变月影，
兴亡催潮升。
吹渡八万里，
总是大江风。

——摘自《顾城诗全集》

中国的文人政治，早在唐代就形成了一套成熟的制度和规模，到了宋代，得到了更进一步的繁荣发展。文人在朝在野，其间的博弈也更激烈频繁，这个过程也就造就了大诗人。在这当中，由坡公的命运曲折，我们可以感受到大宋江山的日趋没落。他个人的"三起三落"，经历了为官之道，为文之道，为生之道的山重水复和柳暗花明。这里的人性、诗性、亲情、爱情、友情与家国情，通过具体生活中的美食和诗歌，滋养着他的一生，他是一整个北宋王朝的历史文化的命运缩影。

所以，顾城写道，"炎凉变月影"。世态炎凉，冷暖自知，趋炎附势，何以为之？归纳苏东坡的诗性人生，也不过是天上的月影。这月影伴随着坡公的一生起落。这也是坡公诗词中最显为才情和慈悯的一面。"明月几时有，把酒问青天"，在这里的抚弄天上人间、仰怀天地之万物、问世间情为何物，不过天上一轮月影投下来的余光和叹息。

顾城又叹之，"兴亡催潮升"。大宋江山，文人如鲫，舞文弄墨，各领风骚，舍我其谁？成也兴，败也兴，江山更替，世事造化，潮起潮落，几人能行？所以，坡公说："一蓑烟雨任平生。"

坡公风里来，雨里去，风风雨雨，任平生事，浮沉起伏，不过是一缕清风明月，大江东去。坡公的这种诗性、诗品、诗风、诗味，开创了宋以来的新视野和新格局。无人能出其右。

我看到坡公的诗词里，充满了人间的真实的喜怒哀乐，又不拘于一般层面的世俗生活。他总是随性穿越于天地时空，进入万物瞬间之美妙融合的世界，让诗性的情感与灵魂飞升。顾城赞之："吹渡八万里，总是大江风。"这就是苏东坡，世俗中的大雅，大雅中的世俗。真可谓"大江东去，浪淘尽，千古风流人物"。在这种大格局大境界中，吹渡着诗性的雄风，八万里风流直上，一代文豪苏东坡。

2020 年 8 月 30 日

聆听音乐

音乐是有声的诗歌，是人类生活中不可少的精神享受，如果没有了音乐，我们的生活该是多么寂寞和无趣。同时，音乐更是一种食粮，这种食粮的特别之处是对内心灵魂的养育和抚慰。音乐是灵魂的血液，在古代文化传承中，诗书礼乐或琴棋书画都是排在一起的，而且也是能互相融通的。这说明了音乐和音乐的仪式感在我们日常生活的重要地位和作用。人类在古代多以声音和肢体语言的形式来表达诉求。

音乐表现的特点，与其他艺术不太一样，它是通过聆听和倾听来完成的一种情感交流感知。如果没有听觉了，那么，人就失去了对音乐的感受力。所以，一个没了听觉的人，对音乐的感受是无法想象的。除非他能有将"四维"和"六感"打通的特异功能，把视听和抽象思维、立体三维或四维空间，融入一个人的感受里。天才音乐家贝多芬晚年耳聋了，但还能创作和指挥出更震撼人心的音乐作品，这种特异的视听功能让很多人不可思议。但确实是存在的一种音乐通感。

这正是音乐带来的一种新的立体画面，视听音乐的立体画面场景呈现在一个失去了听觉的人眼前，这也是我们当代世界的真实。视听融媒体给音乐带来了新的表现力。它拓展了人类的抽象思维走向多维空间的生活探索，但我们古老的音乐仍然是人类通灵的源泉。

想起我的音乐爱好，也是非常简单，是从想拥有一把笛子开始的。在我童年不多的快乐时光的想象和记忆里，总是想到一个孩子骑在牛背上，身背草帽，拿一支横笛在吹着……笛子吹出来的声乐，清脆明亮悠扬，如同鸟儿的歌唱。有许多笛子的旋律通过口哨，我也能吹出来，这在孩子时代，也是一种骄傲。乡下的孩子，通常的音乐启蒙也就是从爱好吹笛子开始的，有的笛子还是父亲们动手做的，而多数是请会做篾匠的艺人来做。对于他们，听一场大型音乐会，那是不能想象的事情。最多的时候，我们只是看一场电影，电影里的音乐元素是我们感受音乐的重要来源。

在小时候，据外村的人口传，以前有个哑巴大叔，心灵手巧又勤快，没跟什么师傅学习过，就会做篾匠活儿了。他编出来的物件，如箩筐、竹席、竹筛、竹篮、竹床、竹椅等，又结实又好看。特别是他做的笛子，那是孩子们的最爱，漂亮、光滑、轻巧，吹出来的声音明亮、高亢、好听。孩子们都喜欢找他玩，听他吹笛子，请他做笛子。

但这位哑巴大叔的命运很悲惨，他一生没结过婚，跟着弟弟过。有人说，他是因为偷看弟媳妇洗澡，被弟媳妇发现，觉得没面子，要寻短见，搞得满村不宁。为了平息这事，哑巴大叔被他父亲捆住手脚，吊在梁柱上殴打了一晚上，后来得病，不吃不喝，不到两个月就死了。

从此，那个村子里，再也没有听到吹笛子的声音，也没有人做笛子了。现在想起来，心里都特别难受。笛子一般是表达轻灵欢畅愉快的乐器，很少表达悲情愤恨的情绪。但从这里却可听到一支笛子的悲吟。一个人的音乐感受能力和水平，不是一天或两个月学得来的，而是他自身的生活，同他平时的内心情感连在一起。因为，所有的音乐，来自心灵世界，同万物共生。

除了笛子音乐是我直接感受的外，还有二胡音乐是农村最常见的，多数与算命说书卖唱的人有关。二胡的声音在乡间堂屋地头响起来，一般都拉得不太好，只是一个简单的伴奏音乐，能感动人的不多。我是一个十分愿意与艺人在一起交流的人，因为他们身上往往带有一种特别的情感和特别的故事。他们的口传的命运比音乐本身更重要。我想起课本里讲的瞎子阿炳，就是一个特别传奇的人物。他创作和拉出来的《二泉映月》，可谓是如泣如诉，催人泪下，震撼灵魂，让人能发出最强烈的悲悯和共鸣，我聆听过不知多少次了，但总是百听不厌。

《二泉映月》是中国民族音乐的伟大经典，但人们却不能从字面上理解二泉映月的自然情愫，并将之与悲歌痛苦断肠人生联系起来。事实上，二泉映月不是体现风花雪月和自然风光的音乐，而是一个人内心世界的精神诉说，也可以说是叙事和演绎。它具有抒情叙事和戏剧化的特点，节奏旋律，高潮起伏，迂回曲折，山重水复，柳暗花明，悲欣交集，是一个人的情感世界的真实反映，是人生的命运悲剧。

阿炳用二胡音乐表现了他的一生，悲情中蕴含着精神的升华和生死灵魂的超度。一个人失去了这种音乐的感知力，可谓是万劫不复的死灭。阿炳的音乐是心灵的诉说，是艺术灵魂的感受，是高度的精神的表达，也是悲悯和爱的永恒延伸，是值得永久地去聆听的。我是怀着敬畏的心情去聆听他的音乐的。

除了笛子、二胡之外，还有一种吉他音乐是比较常见的。对于我们这一代人，吉他可以说是我们最时尚、最时髦和最新潮的象征物。对某种音乐的直接了解，往往是先从玩乐器开始的，由一门简单的乐器演奏，学会聆听并能创作欣赏。这是我那个时代的一种人文教育。当然，乡下的学生弄一把吉他来弹，那是条件相当优越了。我没有玩过吉他，因为我家里穷，买不起吉他，也很少与玩吉他的人在一起玩。但我特别喜欢吉他音乐，那种自由自在的表现力，直击心灵，让人震撼。

我的少年时期只有读书，对于现代音乐则是门外汉，但是，我特别喜欢聆听音乐，尤其是后来我去国外并参加了一些大型文艺活动，对音乐有了更多的理解。现在我时常一个人听音乐，在写不出诗的时候，听一下古典音乐名曲，会带来一种灵感的启发。

从笛子、二胡到吉他，是中国普通家庭中人人都能了解的、直接感受的音乐，而且这些年来钢琴和小提琴也日益普及，我们真正的民族音乐反而滞后了不少。从我个人喜欢的角度来看，欣赏和传承音乐的古典和原创性，仍然是我的首选。代表性的人物是两位民间原创歌手、音乐家阿炳和王洛宾，他们既是音乐家，又是诗人，他们的命运如同他们的音乐一样，古老而又年轻。

2020 年 11 月 23 日

像树一样成长

　　树是我们人类的朋友，而且是最笃实和相守的朋友。如果没有了树，我们真不知还能活到这样长。人类与树合而为一，穿越了万年之亘古。所以，我要对树说一声，我永远爱你！我们都爱你！我想每天能抱抱你！我们永远不分离！

　　其实，树是能听懂我的话的，树是知道我的爱的，无论在什么时候，树都在那里，听我的倾诉，听我的欢笑，听我的悲歌。我也一样的，每天听到树的歌唱、树的大欢笑和树的悲哭，我和树是一起成长的。

　　树是有非常清晰的历史的，上自远古，下至当下，树的历史与人类史一样。整体上，所有树的周而复始和天地万物，构成漫长而有序的时空史。而树的个体史，以自身成长年轮的次数被鲜明地记载下来。

　　人类发展的这些年，树一直伴其左右，深入内里，既有其表，又有其内，既精深博大，又辽阔无际。人类的历史，其实就是树衍生的历史，没有树的历史，就没有人的历史。

我们知道，在地球亿万年的演化过程中，人类历史不过一万年左右，而树的历史有多长？在两亿多年前的侏罗纪时期，即恐龙时代，就有了树木生长，如苏铁和银杏树。而一万六千年前，北京类人猿才出现，古老的树族成为人类祖先最早的伙伴。现在地球上五千年以上树龄的古树仅有五棵，它们承载着无数的故事和记忆，是见证历史发展的活化石。

与人一样，树是有很强的生命属性的，树的生命通过其生命周期呈现出生死轮回的特征，这几乎与人的生命周期非常相似，与人的生老病死息息相关。自从人类从树的生长规律中发现了树的无穷价值之后，植树和育人就同时进行了，就有了"十年树木，百年树人"的说法。

据植物学家研究，不同的树，寿命也不同。柳树可活一百五十年、梨树可活三百年、枣树可活四百年、榆树可活五百年、桦树可活六百年、樟树可活八百年、无花果可活一千年、雪松可活两千年、柏树可活三千年、云杉可活四千年，龙血树有八千到一万年的寿命，等等。现在在墨西哥沙漠中生活的一株拉瑞阿属的灌木，已经存活一万一千七百年了。

从上面可看出，一棵树的生命，与人的生命，与人类的生命，是多么相近啊！我们每天与树擦肩而过，与树息息相惜相怜，同呼吸，共命运。我们的日常生活及精神诉求，又有哪一刻离开过与树的相守望呢？树带给我们的一生的给养，又岂能是几个数字就可以表达的？我们对树的敬畏、热爱和保护，我们真的做得很不够，而我们对树的无休止的索取，却是有过之而无不及的。

树的年轮，是一部时间的史诗，树的记忆，是一曲光合的交响，树呈现着自然生命的美与律动。当我们正视一棵树的时候，就会强烈地感觉到，其实，在不同的境地中，人与树的生活，又是如此一致、同质和同情感。如果一个人，不能从树的身上感知到他的自身，那说明这个人是麻木无知的。在任何时候，我们都应感知到树的存在，正如我们自身的存在。

我与树，有着欢乐的童年、冲动的青年和悲壮的中年。从小树是我最亲密的伙伴，当我五岁的时候，父亲就从外地带回来一些桃树苗，种植在我家屋后的山边地头。父亲对我说，"过不了两年，它就能长大长高，开花结桃子了，孩子们等着吃桃子吧"。我望着父亲慈祥的面孔，内心充满了期待。暗下决心，我也要与桃树一样，快快地长高，等着桃子成熟的那一天，我给父亲摘一个大桃子。

从此，心中就有了一个梦想。梦里的桃花开了，屋后坡地上，满满都是桃花。这样的等待和盼望，是非常微妙的，内心洋溢着一种亲情，一种力量。每年的春天都是我朝圣桃花的日子，看燕子飞过屋檐，看桃花落在地上，听流水带走花蕊。桃树在春天的旷野，成为一道最美丽的风景。

正是少年时，我喜欢上了古诗词，面对美丽的桃花，写出了我的第一首诗。我的诗人理想之路，是从后山的桃树开始的。我和桃树一起成长。我就想起了《红楼梦》里的诗《桃花行》，想起了陶渊明的《桃花源记》。这些古诗词中的情感意象，这些少年怀春的梦里桃花，才是我内心世界的真实。父亲种的桃树，一年又一年，春去夏来，秋收冬藏，我伴它长大和成熟，又渐渐地走向年老。在诗歌的情感世界，总是有桃树、松树、枞树、杏树、柳树、梨树的身影，这些树是我童年再熟悉不过的伙伴和朋友，也是我永恒的诗歌意象。

当我长大了，不得不离开故乡，到更远的地方去谋生，屋后的桃花树才是我依依不舍的童年。走出村口，又不时回首，那桃树的影子仿佛也跟在我的身后，我走，它也走，就这样形影不离。有时，逢年过节，我得回故乡去，看一看屋后的桃树。在冬天的日子里，在大雪飘飞的时候，想它是否冷了，是否渴了。它的身体时有伤痕，就亲手抚慰，还真是心疼得很。只在来年春天，还要盼望它开花。桃树寄托着我的爱情和亲情。

树是真有情感的，也是懂得人性的。我们看世上的万物生长，都与树的悲欢离合一样，充满了波折和苦难，经历了多少风霜雨雪的吹打。在这些树的身体上，都能看到它们的痛苦程度。从树的形态上的变化，我们更能看出树的精神和意志，树的欢笑和愉悦。每一棵树都有生命，每一棵树都有梦想，我们更要人性化地对待树的培植和开发利用，而不是相反。一个人对树的感恩和赞美，要发自自然和本心。树也是会有报复力的，当我们无休止地利用、无休止地砍伐、无人性地消费树的生命时，树会爆发出愤怒之火。这些年来，由树发出的怒吼带来的后果，我们看到的还少吗？当人类不与树为亲人为朋友时，大自然就会以风沙、洪水、沙暴、大火来警告人类，树是人类生存的底线。

与树一样成长！这是我们人类最好的选择。这些年来，我经常陪同孙子观看动画片《熊出没》。只要电视上一亮出光头强和熊大熊二，孙子就兴奋不已，很安静地坐在那里观看。这个片子很有教育意义和艺术价值。主题是生活在地球上，大森林是非常好的天堂，树是我们终生看守的好朋友，人要理解和热爱森林，而森林又是由无数的大、小树构成的，保护每一棵树活泼健康成长，则是我们今后人类的共同责任。

与树一起成长！不论过去、现在和未来，我始终都会与树站在一起。"树高千丈，叶落归根"，这是树最本真的情感，以生命的轮回感恩土地，以血脉的传承持续这大美。树的品质更见坚贞和恒久，树知恩必报，树也高大伟岸，树更悲壮勇敢，无私忠诚和奉献一切。

每当我看到守护树的人、培植树的人，与树一起，送走秋冬，迎来春夏，从黑发变白发，生命像秋风吹落叶一样，慢慢老去，他们才是最值得我们敬佩的人。

其实，我的孙子也是一棵小树。在春天的植树节之际，看他在老家新屋前，亲自给一棵小树苗浇水，为一排排成长的小树唱歌、跳舞，看到他在树林下奔跑、聆听，与树上的鸟儿对话，用小手捡起一片片树叶……这种情景，这种状态，也是我最幸福最快乐的时光。这是从我心底里升起的一种对大地的感恩和希望。

现在，每年春天，我都要回去一次，给先人扫墓，看一看长大了的树，想一想那一片桃林，摸一摸那一棵老松，拜一拜父亲曾经终日劳作培植的那一片绿水青山……那是我对前世今生的树的灵魂，致以最崇高的敬意！

2021 年 6 月 5 日

突然感到老了

我站在湖边，正看风景，一个镜头，一个老者的背影，掩映在落日的余晖中，入诗入画。他正在吹奏一首萨克斯音乐《回家》，浑厚绵长又沉郁的旋律在湖面弥漫开来，不禁使我想起了爱尔兰诗人叶芝的一首诗。我这人平时不太听音乐的，也没有这方面的强烈嗜好。但此时，我被眼前的音乐情境深深地触动，突然感到我也老了。这老并非平常所说的一个人的老朽之状，而是突然地感悟了灵魂归宿后的安息。

当你老了

当你老了，头白了，睡意昏沉，
炉火旁打盹，请取下这部诗歌，
慢慢读，回想你过去眼神的柔和，
回想它们昔日浓重的阴影；

多少人爱你青春欢畅的时辰，

爱慕你的美丽，假意或真心，

只有一个人爱你那朝圣者的灵魂，

爱你衰老了的脸上痛苦的皱纹；

垂下头来，在红光闪耀的炉子旁，

凄然地轻轻诉说那爱情的消逝，

在头顶的山上它缓缓踱着步子，

在一群星星中间隐藏着脸庞。

——摘自《西方现代爱情诗经典》

　　叶芝的这首诗歌，可谓令无数人倾倒。诗中对生命流逝的挽歌，对青春的追怀呼唤，对爱情的忠贞不渝，表现了强烈的诉求，给人一种坚强的生命意志力。或许，不仅仅是独指有爱情的承受力，还有生命的终极关怀和厚重感。

　　而事实是，人的生命又是如此短暂，死亡和衰老是必然要经历的过程。这是人之宿命，也是终极的个人命运的"悲剧诞生"。人类如何超度这悲剧，而上升为永恒的生命意志审美？应是所有现当代文学所要表现的努力探索和思考的精神支柱。作为自由诗歌的意志存在，正是爱情诗歌审美的重要内容和价值体现。

　　面对人生中不同的阶段，爱情在现实中的状态和表现又是如何变化的？人的审美欲望随之发生的变异，又是如何产生的？在这些问题的诗歌表达上，我们会受到强烈的震撼和心灵的启迪。而爱情的恒久表现，是诗歌的力量，也是人类人性的主题。

当一个人老了，还有这样的激情去诉说爱一个人，同样是爱一个人，有些人不会这么说，这么爱，而是在心底徒增孤寂，或在暗淡无光中，郁郁而终老。而诗人在强烈的生命时差中，却呈现着一种力量，一种决然的绝望与悲痛，一种不可摧毁的审美意志。"只有一个人爱你那朝圣者的灵魂，爱你衰老了的脸上痛苦的皱纹……"

在这里，诗人的审美情感超越了一般的世俗和平庸，祛除了虚妄和伪善，使得诗人的爱情成为一种永恒的人类情感，抵达我们的信仰和灵魂。

这也是我非常喜欢的一首爱情诗。今日读起来，突然地感受到自己的老，自己的无为和绝望，再一次加深了我的生命容量，老是我渐向新生的开始。我真的是老了，如这红透的秋天的旷野。如果不是这样，为何内心的世界总是感到不平静？而爱情是如此美好，让我们仍然充满了神往。在每个少年心中，都会有一个女神，而我的女神在哪里呢？或者，我诗歌的女神又在哪里呢？

突然感到老了。既是内心的灵魂发出的考问，也是外部世界在内心的投映。我是否还能像以往一样爱着这个世界？我的情人、我的爱情家园又在哪里？我的另一个女神，是否同样神游于这个天国与大地之间？读罢此诗，回望少年时代，一阵阵的疼痛直抵心灵。

我对爱情诗研究不多，时常也感到在这方面的审美经验的不足，所以写得也较少。但这并不能证明我不会写爱情诗，而是我认为，我的爱情可能太过朴实平凡了，不曾有更多的审美高度和维度。一个农民诗人的爱情经验，其实也是很简单的，我也很想写好一组爱情诗歌，可能最后把诗情又转移到别的情感去了。

爱情是人生最美好的旅程，此山之高，彼海之深，若没有此项，人类何以为人呢？所以，多少才子佳人在为此写尽一生一世。有时，她是一种奋发的力量，有时，她又是一种精神迷醉之颓废。在我的诗歌黄金时代，歌德写的小说《少年维特的烦恼》也是我的爱情启蒙读本。那时，也不论少年和成年人，都来争相阅读。还有很多青少年，为此体悟理想的失去，为此走上自杀之路。可见爱情也是一把双刃剑，如何正确引导和把握，深刻地考验着一个人的情商和认知选择的能力。

当人老了的时候，是否还坚定不移地相信爱情如初的美好？诗人在这方面写诗，也是可以看出其境界高低的。人性在爱情的角逐中，更能显现灵魂的高尚和卑劣。为爱情而角斗的自由诗人普希金，是爱情诗歌杰出的创造者。

当然，什么是真正的爱情，这个也是众说纷纭，莫衷一是。在叶芝的爱情诗里，人类社会自有文明始，就对爱给出了神圣的审美定义。东方古代有《梁山伯与祝英台》《牛郎织女》，西方有《罗密欧与朱丽叶》，等等。这些都是经久不衰的文学神话经典，凸显了人类的爱情观和爱的信仰。爱情是永恒的，是圣洁的，真正的爱情是引导人们积极向上的精神力量。

突然感觉老了。并非希望时光倒流，重温美好的爱情，现实就摆在面前，所有的爱已经到这个时候，心澄净如水。看透江湖之远，看清庙堂之高，又何必让时光倒流呢？大江东去，人在远方。

突然感觉老了。是心中有数，身在当下，脚步仍从容，不妨再来一次心灵的赴约。心中的女神回首，身边的妻儿仰望，这一轮九天明月，过去的都让它过去，此在的在徜徉，而未来的更有盼望。

2020 年 11 月 5 日

诗与当下

一

现在诗歌越来越难写了，不仅如此，诗人也时常陷入尴尬境地。当我们谈某一个诗人的形象时，要么不屑一顾，要么哄堂大笑，要么诅咒谩骂，这种现象不只是在一般场合如老百姓群体中，在职业文人或大学知识分子中间，这种对诗人的认知态度是历史上从来没有过的。为何诗人的形象沦陷到如此地步？这的确让我困惑又痛心。写诗歌写了大半生，头发都写白了，眼也花了，身子也垮了。

有段时间，我把自己关在屋子里不愿出门，有点儿像养生修行"辟谷"的状态，不吃不喝，不说不唱，只服诗歌元气，只沉默在自己过去写的诗歌里，不停地反省和发问，我写错了吗？好诗在哪？经典在哪？如此反复地在自己的诗歌围城中寻找突破。这种寻找愈来愈强烈和急迫，反而更加重了我的一种使命感和责任感：我要写出更好的诗歌！

二

诗与当下。这个关系如此地让人感伤又无可奈何。我以为在这时代写诗和做人发生了错位。诗是诗，人是人，我们在进入一首诗的创作时，诗的场景早已存在，那些人物和道具舞台都是我们曾经发生过的思想或感情的冲突，却在另一种戏剧化的事物叙事中，找到了互为对应的重合。我在动笔之时，这个重合的事物就把我的原生态覆盖了。一首诗的显象存在，对于自然的原创性是一种复制，诗人们都在复制诗歌时，这个时代就没有诗性的物象了。事实上，我们在寻找诗歌的真实上，已经迷失了作为诗性主体的审美趣味和情感。

一首诗的存在是有血肉情感的，对于这个，我想每个诗人都有他的感受。但往往被忽略的是审美的形式和思想性要呈现诗人对事物的理性智慧，并提升一首诗的品格和品位。

三

生活在诗性世界，当我在诸多现象的迷茫中不能自拔，往往是诗性的事物将我唤醒，并在一种自我的能动中，走完一个新的场景！写作再从原创中进行。这是我当下的心境状态。一切都不同于以往的生活，在我的童年时代，乡村和乡土诗早已被注入了命运的色素，那是灰色的。我的意识在文学上是没有童年的，正因如此，在我的诗歌叙事中，几乎没有太多的抒情的表现性语气和语境，近乎苛刻的冷静和平静的叙事，让我有时感到置身事物之外。

也许，这种理性的知觉成为一种写诗的惯性和思维定式，现在这种定式成了写诗的某种阻碍，使我对情感化的语言表现具有了免疫力。当我不能深入地接受非叙事性的语境，表达意象和情感时，我有强烈的拒绝的意志，稳定的叙事结构和观念早潜入我的情感深处，引领和控制了我对一首诗的自由发挥，有时会如卡了脖子似的让我难受甚至产生窒息感。绝对化的语言叙事结构应是我寻找新突破的口子。

四

近两年，我写了一些随笔游记和散文作品，并结集出版了，这也是我对乡土诗写作的一种突破方式，尝试的一种新的写作。比如小说和戏剧的叙事，更适合我这种冷静叙事的表达能力。有许多诗人都开始写小说和电影剧本了，有的还赚了大钱。事实上，我的讲故事的能力是不亚于别人的，而且我的每一首乡土诗都是一个故事和故事中的细节，在结构上更接近小说叙事。有人说我写的是一种集体化乡村史诗，是对遗忘的现实的一种记忆和记载。这些评价我不以为然。诗就是诗，代表了诗人内心世界的最高表现和诉求，没有太多的外在标准与定义，但在表现上可有多种形式，比如小说也可以写成诗性的东西。莫言的小说就很有诗性，是理性的抒情或抒情的理性，诗在于诗是文学灵魂的自由。

这一点我能在作家、艺术家的诸多生活诉求中感觉到。又比如路遥的小说是灵魂自由的深层诗性表达，在其语言的运行中，有着诗一样的激情，但他用的是诗歌叙事结构。我在不同的乡土诗体裁上，用的又是小说叙事人物之语境，这或许是我在诗歌上找到的自己的表达方式，但这又是我诗歌的局限性。如何在这两者之间穿插和互为融合，让我的诗歌生命活在永恒的灵魂自由中，这是我在未来写作上的一个拓展方向。

五

诗是一门关乎心灵自由的艺术，诗评家冯楚如是说。我以为应当在诗的本质上去认清何为自由。有表达的自由，表现形式的自由，内心选择的自由。我在《喊故乡》一诗中，反反复复地咀嚼这个问题，似乎找到了答案。任何个体都没有绝对的自由，自由是相对的，比如我的故乡近在咫尺，我却无法回去，故乡总在路上。这促使我在有限的空间内，追求诗歌自由的相对性，在乡土归去来兮中，不断从时空地理方向上思考故乡的存在性，能从精神的纯粹上缩短故乡的距离。这些经验促使我在实际生活、阅读和创作中，不断地进行融合，使诗歌活在当下。

诗歌带有我个人的宿命感。我是一个很早就离开故乡的人。从某种意义上讲，故乡是一个人的童年，一个没有了童年的人，是无所谓故乡的。我内心不断地抗争和拒绝关于故乡的存在，越是这样，越是感到故乡无处不在，犹如空气充满了我的灵魂。

我从出生那一天起，苦难就一桩桩一件件在我的眼前出现，包括人性的一切被屈辱、被损害、被欺骗、被驱逐。在我幼小的心灵里是没有故乡这个概念的，我后来在城里发生的一切，显然与故乡的背离有很大关系，我真正地写诗也是从这里开始的，我从这里寻找故乡的存在，到底是我背弃了故乡，还是故乡背离了我？或者故乡是一个人的命运的完整性归于零的状态？我还要好好地思考。

六

一切伟大的诗人作家，其创作的经典意识都是从考问故乡开始的，这个是文学史上的共识。从近现代的鲁迅，到当代的路遥和莫言，他们的文学叙事多从故乡的考问和记忆开始。但当代诗歌中能写出故乡经典意识的作品很少，这个现象值得研究。也正是这没有故乡的自由性抒写，使当代诗歌缺少了根的命名，诗歌也缺失了灵魂的重量。这也是当代诗人不能产生伟大作品的一种焦虑，我也在这种焦虑之中。

乡土诗从自然生态到超自然的异变，我们的故乡并没有活在诗里，或者以另一种形式进入了我们的陌生冷漠和无趣的历史记忆和文化游戏之中，而实际的乡土依然存在于我的生活消费过程中。比如农民工、留守儿童、空巢老人、扶贫干部……

这些身在故乡却无故乡的现象，与我在过去的诗歌中所关注的，已发生了本质变化，旧的闰土和新的闰土互为表里，不知其可有可无的状态。

写诗变成了当下生活中的一项体育运动——马拉松式的长跑，在趋向故乡的文学命运中，我独自守望我的乡土意识，或这就是我的最近的故乡。寻找一种精神上的故乡，正是当代人最稀缺的资源。

七

著名诗学名家陈超是我较为钦佩的当代诗评家，他在生前强调说过：他们写古朴的乡村，写雪地和蝉鸣，仅仅是为了消费生命的疲倦。诗人们感到的东西不是这些，他们如果写下骨子里所体验到的生存实在，可能会被诗歌圈里的人小视。这段话对我触动很大，也给我很深的启发。诗人不能浮在表面上下功夫，要沉入内心的痛感和时代的真实，不能把诗作为一种娱乐消费，而应看作是一种精神提取的淬火与熔炼。唯有守望诗歌的本质精神，才是我们最后的自救。对于永恒的乡土精神之坚守，也是我最后的诗歌的宿命和使命，我要写出乡土的灵魂和骨头。春天又来了，我得去故乡山里田间地头走走，我也是山里的一条路，我的路我自己走。

2012 年 1 月 30 日

第二辑　像树一样成长

油 菜 花

那年我在乡下，在一个梦里的初春，和风细雨，燕子呢喃，我梦到了我父亲。

他去世已经好多年了，但我梦到他的时候不多，或从未曾同现在这样的真实——他在地头坐着，吸着烟，望着地里正在开着的油菜花，不知道在想什么，看他脸上的表情，同往年有些不一样。到底是喜还是愁呢？可能是喜忧参半吧。但我始终记得他在面对这些土地和庄稼时，是那样的一种神情，他那么专注，那样凝重，那般深情。

油菜花是开得较早的花，而且开的时间也比较长，各地的品种也不同，但花色形状是基本一致的。她是春天的信号和使者。在春寒料峭中，当我们看到田野上、菜地里长出来的一丛丛金黄的晶亮的油菜花时，内心就会自然地涌出一股希望。这或许是父亲最愿意种植油菜花的原因。在油菜花地里行走，那种清爽宜人的芳香，是给我们乡下人的一种最好的馈赠。

从头年的秋末开始播种，到次年的立春，一直到立夏时节，油菜花都在开花，有雨水时的油菜花茎、花蕊，鲜嫩饱满，晶莹清香。而且到过大年的时候，就可以吃了。我们佐以香喷喷的年味腊肉热炒，就是一道非常味美的年菜——"腊味菜薹"。这可是农家的最名贵的菜肴，可以用于招待客人。

不仅如此，油菜籽是主要的一种食用油原料。经过加工制作的菜籽油，是我们农村主要的食用油，而且菜籽饼还可用于洗涤衣物、洗头染发及药用。菜籽油炒菜特别清香，炸出的油果麻花，更是澄明金黄脆香。这些都是父母所能做出来，能让我们吃到的美食。

而多数是，将油菜籽作为一种经济作物，换成钱票，供我们交学费和平时的家用，这或许也是父亲特别喜欢油菜花的原因。其实，父亲对于土地上生长的一切作物，他都是那么虔诚和敬畏，因为他是农民，庄稼像是他的孩子一样。

春天的油菜花，是最普通平凡不过的花了。它品性坚忍耐寒，适于在山区丘陵种植，不需要特别的人工护养施肥。它自然生长，吸光纳蝶，积极向上，而且喜欢抱团，互相欣赏。一开就是一丛丛，一簇簇，一片片，漫山遍野，勃勃生机。若用心仔细观察一下，它不但实用，而且观之赏之亦佳。从近处看，其花蕊花萼，精致巧妙，构造天工，随风张开起来，犹如一个个小佛人似的，是一张张和美慈祥的小笑脸；从远处看，不论在雨中，还是在阳光下，油菜花都坚贞不屈，清爽宜人，头上戴的是一顶明亮灿灿的金黄冠，身上披的是一身郁郁葱葱的绿战袍。

历代皇帝中，也不乏作诗的，但写得青史留名的不多。有诗而作油菜花者，乾隆皇帝是最真挚的，他写出了油菜花的灵魂与价值，也体现了他不同程度的亲民、爱民和利民思想，故有"乾隆盛世"之说。

黄萼裳裳绿叶稠，
千村欣卜榨新油。
爱他生计资民用，
不是闲花野草流。

——清·乾隆《菜花》

比之于其他的名贵花王，油菜花更有普世的价值，这是一道春天里不可或缺的风景。假如油菜花不开，春天的消息就没有到来，人们仍然还在严冬里裹着，无法露脸和舒展。当看到油菜花开了，心里就踏实。父亲在油菜花开的日子里，平静而安分地笑着。我知道，这是真正的春天到来了。

2021 年 3 月 28 日

夏日荷花

　　荷花是夏天的女神，是仲夏夜之梦，那是永恒的咏叹调。再没有比荷花，在一个夏天里，都那么婀娜多姿、亭亭玉立、清丽脱俗的了。荷花既能让人感受到夏天清新凉爽的味道，又能让人体会到如此内里火热的激情。所谓"冰火两重天"，说的应该是这种境界吧。

　　在夏天里行走，一种火与水、沙与冰的交融，是一生二，二生三，三生万物，是与宇宙心象的无穷的链接。荷花是夏天清风和韵的使者，开在风生水起的深处，游动在富于唐诗宋词的意象中。

　　一部荷花的审美史，就是中国的斯文史。一个夏天的寓言，就是诺亚方舟或一叶扁舟的隐喻，从此岸到彼岸。荷花又称莲花，有金莲宝座之说，是神性的象征，是观音如来佛的手札。从这个宗教的起始来看，莲花就一直在佛的手中，是命运因果的所指。这就是夏日的莲花，与一般的花儿不同，它美丽圣洁高尚，而不可亵渎。

"水陆草木之花，可爱者甚蕃。晋陶渊明独爱菊。自李唐以来，世人盛爱牡丹。予独爱莲之出淤泥而不染，濯清涟而不妖，中通外直，不蔓不枝，香远益清，亭亭净植，可远观而不可亵玩焉。"（北宋周敦颐《爱莲说》）

"予谓菊，花之隐逸者也；牡丹，花之富贵者也；莲，花之君子者也。噫！菊之爱，陶后鲜有闻；莲之爱，同予者何人？牡丹之爱，宜乎众矣。"（北宋周敦颐《爱莲说》）

"出淤泥而不染，濯清涟而不妖"，则令天下文人俱而往之。我是神往者之一，我写了很多庄稼植物之类的诗歌，独有这些千古名花之诗写得很少，这是我后来要更新的一种观念。美的事物不分高低贵贱，只要是美的，肯定也是平等的。

荷花与夏天，是一种"精气神"的融通，它带来了自然的清丽和气韵，谓之天地有正气，少年有精神，犹如天地良心是人性良心和知行合一。先贤们比之为君子，这是在其他季节之景物所没有的明显特质。要写夏天之景之色，必有荷花之意、清绿之水、碧绿之叶，看之味之悦之和赏之，真是令我们赏心悦目。

真正写得好的夏天之美文，历朝历代都有名家的笔意道法，我在此不着太多的笔墨。只是在这热闹之处，听荷花的细语，渴饮这夏日山泉的清凉之水；或在乡村的荷塘风亭里，静候荷花仙子，乘一阵清风而来，欣赏这如诗如画的十里荷花。

也还记得"赤日炎炎似火烧，野田禾稻半枯焦。农夫心内如汤煮，公子王孙把扇摇"的句子，在田野上劳作的农民，挥汗如雨，有些悲悯。这又是另一种夏天的情景，可对于荷花的世界又有什么不同呢？远处不时传来鸣蝉的欢叫。我写到独处的夏天，是在故乡村庄的前面，有一处荷花池塘，在一棵大柳树之下，那里藏着我的童年。

可我还有童年吗？画面中出现的一切，只有荷花依然在那里，静静地独立在我的梦中，不曾远离我的夏天。荷花叶子由大绿变浅黄，粉红的花蕊落入光滑的水面，骨秆由灰白变黄褐；夏季的风渐渐地远离，景色在暗蓝之下，是夏天的晚霞烧烫过的土地，赤脚的我曾经从上面走过，是那样灼热滚烫。那夏天的耀眼的夜空，星光灿烂的荷花仙子，多么赏心悦目。北宋大诗人、书法家黄庭坚有诗云：

四顾山光接水光，凭栏十里芰荷香。
清风明月无人管，并作南楼一味凉。
——北宋·黄庭坚《鄂州南楼书事·其一》

这里写出了夏天夜色里湖光山色、清风明月的美好景致，是在夏天的炽热中行走，遇见荷花十里的景致扑面而来时，与这夏夜中的万物融合的诗意。荷花是我的夏之神，在我心里的那一瓣心香永远地散开在盛夏的荷塘，那是我最美的乐园。有一片的青绿粉红，一塘的清香四溢，最令人难忘的是，那一朵最小的莲花却有着一片宽大的叶子。每当我赤身裸体、忘情沐浴水中时，一股清凉透入骨髓，身心感到特别舒服和愉悦。

此时，我仰望蓝天白云，神态闲逸，飘逸自在。远处天底下，绿水青山映入水里的倒影，那是荷花与我的灵魂，融入了我梦里的童话。

我就是在这里，在我的故乡，在那口盛开莲花的荷塘，可品尝新鲜的莲子，吮吸鲜美的花香，找到与诗神对话的宁静时光。当我洗浴上岸，可将宽大的荷叶摘下来，并戴在头顶，走在火辣辣的太阳下，就是一顶漂亮的遮蔽炎热的帽子，又如同胜利归来者的王冠。

这难道不是那夏天的荷花女王，或者如来佛祖，赐予我的人生诗歌的桂冠？

2022 年 8 月 15 日

秋　天

秋天来了，总有文人会唱："明月几时有？把酒问青天。不知天上宫阙，今夕是何年。"

秋天到了，总有游子在吟："举头望明月，低头思故乡。""举杯邀明月，对影成三人。"

秋天凉了，多少情人在感叹："少年不识愁滋味，爱上层楼。""欲说还休，却道天凉好个秋！"

秋天去了，叶子落了，多少诗人感怀："无边落木萧萧下，不尽长江滚滚来。万里悲秋常作客，百年多病独登台。"

秋天是人们感怀天地、享受劳动果实、悲悯苍生的季节。在这个季节里的风景，自然是乡情乡风乡民，大地呈现着成熟和丰收，乡民们享受着一场诗性的盛宴。而秋天的这些诗句也就成了我们千百年来代代相传的文化血脉。如果断传了这些诗句，我们还有什么是可以承载的？如此，我们的人文历史何在呢？我们信仰的诗和远方何在呢？

作为一个写诗的人，更应该懂得秋天之诗，是中国诗词浩瀚星空中最为灿烂辉煌的部分了。因为秋天是自然生命过程中最为丰富多彩的呈现，是万物处在丰收成熟、收藏与分享的季节，也是万物轮替更换、生死轮回、大地沉寂、灵魂弥漫上升的季节。此时，无论仰望星空，还是俯察大地，感受一场秋天的特别的盛典，又像一次庄严肃穆的祭礼。

秋天是悲壮的，又是辉煌的，秋天复合的生命底色融合着大自然诗意大轮回。这个大轮回，才是秋天特有的生命乐章，如自然的命运交响曲。一个人老了，在迟暮之年，身上也带着一股秋天的沧桑和悲壮。

秋天孕育着生命的诗意与哲理、成熟与丰盈、情感与理智，在与秋天的相处中，更能感觉灵魂的皈依。李白的秋天是高远而明亮的，杜甫的秋天是沉郁而悲壮的，王维的秋天是宁静而孤寂的，李贺的秋天是诡异而瑰丽的。在唐宋的秋天里，都是诗，都是词，都是酒侠和神女，是情怀和智识的化身。这就是我们每日都在念念不忘的生命之诗。

　　　　秋风像一把柔韧的梳子，梳理着静静的团泊洼；
　　　　秋光如同发亮的汗珠，飘飘扬扬地在平滩上挥洒。

　　　　高粱好似一队队的"红领巾"，悄悄地把周围的
　　道路观察；
　　　　向日葵摇头微笑着，望不尽太阳起处的红色天涯。

矮小而年高的垂柳，用苍绿的叶子抚摸着快熟
的庄稼；

密集的芦苇，细心地护卫着脚下偷偷开放的野花。

蝉声消退了，多嘴的麻雀已不在房顶上吱喳；
蛙声停息了，野性的独流减河也不再喧哗。

大雁即将南去，水上默默浮动着白净的野鸭；
秋凉刚刚在这里落脚，暑热还藏在好客的人家。

　　这是著名诗人郭小川的早期名作《团泊洼的秋天》，作者
借助团泊洼秋天的风景，状物抒情，意象隐喻，赞美和召唤一
种生命大美，向着坚强的内心，抵达时代的真理，呼唤人民的
心声和自由的灵魂。刚开始学写新诗时，郭小川的抒情诗给我
很多的启发，特别是他的语言朴素真实，意象自然，又蕴含着
饱满的激情，使我受益匪浅。

　　而我的秋天，又是个什么样子的呢？我的秋天的味道又是
个什么味道？突然想起来，在我的人生的秋天里，此时，不正
是这样的一个轮回？如果我不是这秋天土地上的一粒谷物，又
怎能长出我这样的果实？——一个农民诗人最后的绝唱。喊
故乡是我一生的秋天的底色，在我的诗性的季节里，秋天作为
我的主题，已进入了我整个生命的沉静期。当晚秋的云彩掠过
大地的苍茫，我的故乡会迎来的，将是另一个世界、另一番景

象。大雪，那漫天飞舞的雪花，或将秋天的一切埋入我们的记忆中，那都是我秋天的诗。

2022 年 10 月 23 日

雪花，冬天里的童话

冬天除了下雪，似乎没什么好看好写的。但冬天里的童话，却是我这一生不能忘怀的。

当西北风吹尽所有的枝叶，河水开始渐渐地结冰，低沉的云层压着天边的山峦，农家的院内生起了不熄的炉火。有炊烟升起在屋顶，越升越高，如一座桥，接着更高的天空，像是要迎接某一个天使下凡。然后，是母亲在炉边纳鞋底，讲着《天仙配》的故事。这种场景，是乡下人生活中经常出现的一道风景。

那年月，看电影《天仙配》是我们乡下孩子热盼的事情。在20世纪80年代初，人们对于爱情的向往，就像是稀缺的食物，比如巧克力、小白兔糖果、冰镇可乐等。冬天里，万物冬藏，五谷进仓，地里的农活儿基本干完了，该收的收了，该放的放了，只等着过年了。这时候，听说书，放电影，看大戏，村里人天天互相打听着这些消息。如东边村里，今晚有电影看，据说是《地道战》；西边的村子里放新片子《少林寺》。

到底要看什么电影呢？一时是无法确定的，也拿不到可靠的信息。

因为乡下的放映员经常要到百里外的县城拿电影片子。一般的新片子要在县城里放几个星期，才轮到乡下放映。有一次，听到消息说，西畈乡要放《天仙配》，堂伯父带我一起去看，这是堂伯父第一次带我去十里外的村子看电影。他说，《天仙配》是个好片子，讲的是董永卖身葬父，孝心感动天和地，天上的七仙女下凡嫁给了董永。

堂伯父讲到这时，表情十分严肃认真，我还不太听得懂。后来明白，电影《天仙配》讲的是董永与七仙女天上人间相爱的故事，与牛郎织女的爱情故事并不是同一个故事，但这与堂伯父的童话世界，又有何不同呢？织女和七仙女，都因为有一颗美丽善良的心，才下凡来与人间最善良的人结成美满姻缘。

冬天里的童话，是童心里的春天。穷人家的孩子更是听着童话和传说长大，诗歌的种子就在心底发芽了。而又是谁在这个季节，把冬天的火把举得更高？雪花的童年盛开着，那是我们共同过年的祈愿和祝福。堂伯父也是有童话的，而这《天仙配》的爱情，不正是堂伯父心里的童话吗？七仙女和织女都有一颗雪花一样美丽的心灵。看那雪花飘哇飘，我仿佛又回到了幸福的童年。

"一朝春雪一朝满，一朝腊雪一朝晴。"冬天里开得最美的花，我觉得就是雪花。腊月里，雪花开的时候，特别宁静迷人，给人以无限的想象，将人们引向童年的世界。雪花是一种结晶体，别名"未央花和六出"，形态随温度的变化而变化。她在飘落过程中，成团攀联在一起，就形成了雪片。无论雪花如何变化，怎样轻小，怎样奇妙万千，它的结晶体呈现有规律的六角形，故有"草木之花多五出，独雪花六出"的说法。这自然的神妙造化，让雪花富于生命的几何线性对称的美感。

在世界科学史著作中，有记载是中国最早知道雪花的六角结构。如果把雪花放在放大镜下，可以发现每片雪花都是一幅极其精美的图案，连许多艺术家都赞叹不已。各种各样的雪花形状隐现在诗意的童话世界，如冬天里的梅花，如雪地里的童话，她们互相交织相融，漫天地飞舞飘洒，清香且沁人心脾。

我们可以堆雪人、打雪仗、逮麻雀，在雪花的梦境里，这是真实的童年。雪花映出我们的笑脸，拥抱我们的童年，那是我们最开心的日子。当过年的鞭炮炸响的时候，雪地上落满了粉红的纸片，像一张张喜报，那是春姑娘进村了，仙女下凡了，新生的日子诞生了。

冬天啊，我的冬天，一个永恒的冬天！我把冬天的火把点燃，举过高高的头顶，走向漫天的飞雪，走过沉默的旷野，走向冬天里的春天，这是我冬天里最美的童话。

当我不时地回望过去，听到故乡的风吹来春天的花儿的信息，当我在秋天的怀抱里享受着冬天的诗句，我还有什么不可以讲出这个童话的秘密呢？

我说的是，苦难是我的财富，财富也是我的苦难，我的所有幸福都写在冬天的童话里。这是我诗歌里的秘密，是我冬天里的春天，冬天里的梦中的童话。

　　又快过年了，梦里的鱼儿们和孩子们在忙着堆一个雪人。不堆红孩子，不堆圣诞老人，不堆财神爷，我要堆一个父亲，那才是我的童话里的主人，我要他在冬天的春天里，成为一座永恒的微笑的佛。

2021 年 1 月 28 日

善良做人

　　善良做人，是中华民族的传统美德，是民族精神中的重要品格和特性之一。在我们的日常生活中；天天都有人讲的一句教化做人的口头禅，就是"与人为善"。

　　我们每个人在与他人相处时，都会想到"与人为善"这样一个词，但在现实生活中，说起来容易，真做起来很难。因为，在人性中，有善就有恶，有恶就有善。如何去选择和权衡呢？

　　什么是"善"？按《说文解字》说，"善"字的本义是像羊一样说话。羊是性情最温驯的动物，羊肉也是人类最喜欢的食物之一，羊时常被当作神的专用供品。所以，到最后又延伸出吉祥和美好之意。人有善心，心有善念，必得福报和吉祥，三阳（羊）开泰随即而来。"与人为善"就这样流传了几千年。

　　古代的学生读私塾，启蒙读本就是《三字经》，第一句话就是"人之初，性本善"。人最初出生时都是善的。但为什么后来又变成了恶了呢？在我们现实的生活中，可以得到另一种答案。在善的反面就是恶，如果"恶"占了上风，善就被吃掉了。善恶之间有时是很难辨别的，凭直觉经验断定一个人善恶的两面性，应是一个复杂的感知过程。因此，我们在提到如何善良做人时，要透过现象看到本质，要看一个人的性善是否建立在恶的基础上。

恶性有时是隐秘在一个人的灵魂深处，不易察觉的。在现实生活中，经常会遇到这样的情况，其出发点是善，为了做好事当好人，表面上看起来，真的好得不得了，但是，在关键的时候，比如事关利益的纷争、处在生死的关头、影响权力的升迁等，一个与人为善的人，他深处隐藏的另一面就会显现出来。对这样的人，又如何体现善良地做人呢？我们要看到人性的善和恶的两面性，同时，要将善的一面发挥得更好。

"人善被人欺，马善被人骑。"从客观本质上看，这两句话都是正确的，应该符合对"善"这一事物的判断。但是，在事物的本身上，我们还看到了什么？原来善不是永恒不变的，在一定的条件下，善转化成了一种恶。所以，人性的善恶之争，有时是非常激烈的。一个善良做好事的人，有时在一夜之间变成了十恶不赦的凶犯。因此，也有人说，"愚善"不是善。许多老人小孩儿很容易上当受骗。虽然他们本质善良，但如果被愚昧之心所蒙蔽，那么，善行就会弄成了恶事。

如何做"智善"之人呢？这也不是净净手就能解答或选择的问题。我们不妨来读一下老子的《道德经》，他说，"上善若水"，意即上等好人，其最高的境界如同水的品性。做人如同水一般的品性，那是什么样的人呢？"知者乐水，仁者乐山"，有智慧的人，如水一样，并能驾驭水，同水一起存在和远游。

"善良做人"、与人为善又如何做呢？做人不能与羊一般的善，甘受奴役，任人宰割，这就丧失了做人的尊严。最好的善如水，我们就要向水的品性学习。语出《老子》："上善若水，水善利万物而不争，处众人之所恶，故几于道。"第一，水奉献了一切给大地给生命万物，没有水的润泽，世间不会有生命的色彩和芬芳以及万物的生机勃发。但水从不以此争利益，人在生活中，如果用水一样的美德对待个人得失，以不争而得之，那么其善良之心犹存于智慧之人之德。第二，水性柔软，纯洁无味无色，人若以此回归本真，水泽如江河。第三，水有智慧和勇气，一往无前，目标明确，矢志不移，归向大海。并善于随机应变，遇方而圆之，遇圆而方之，既能开怀包容世间万物，亦可积聚巨浪以覆舟，一路奔向大海。这是水的包容和智慧，值得人借鉴、效仿和学习。

正是这三点，我们与人为善、善良做人，才有了正气和底气，有了智慧和真理，那么一个善良人的作为，才会发挥更大的效用。这是作为一个人能在社会上努力工作，如水一样地存在，我们得到的全部最好的解读。与人为善，我们一路走过了几多艰难岁月，跨过了多少人世坎坷，是水的智性和品质发挥了我们善良的想象力。

名著《红楼梦》里的贾宝玉说，女子是水做的，男子是泥巴做的，但水与泥巴混合在一起，那就什么也不是了，只能是一团浑水。浑水摸鱼，鱼者何其生？我们要的是上善若水，与人为善，善良做人。人性尽量地不入浑水，不喝浑水，不借浑水摸鱼。任何时候，要能识别人性善恶，并能引导恶向善转化。人性有弱点，不争求绝对完美，但能努力接近完美。万物的相对性，使我们内心处于平衡。我们的独立想法和思想品质汇聚成一个时代的最强音，就是"善良地做人"。这就是理性精神的人格确立，这样就会形成一个和谐美好吉祥的社会。

2021 年 11 月 12 日

谨防陷阱

人活在世上，上当受骗的事，也是时有发生的。有时，还会防不胜防，不但造成个人的损失，也给国家集体造成巨大损害，有的甚至会酿成重大的社会悲剧。为什么会出现这样的情况？

分析起来，原因虽然很复杂，但充分发挥科学的认知，以真诚的心对待生活的一切，很多人生难题也会迎刃而解。因为思考人生之得失、生命的意义和价值理想诸问题，诞生了各种历史宗教、哲学和科学知识，形成了一本本大书。人生何不就是一本大书，我们翻开来阅读、思考和写作，直到合上书本。这个过程的结束，人的一生似乎也完成了。但后来者又继续翻开来，重新阅读思考和写作。所以，写书的人，其首要的品质是，讲真话，写真书。

在这周而复始的人生阅读和写作的历史经验中，有的是永恒不变的，有的却不时在变，这变与不变造成了我们认知的各种盲区，导致种种人生陷阱不断出现。进入认知盲区的人，就很容易落入各种陷阱。历史经验的不断重复性，人性本身的复杂性，人类社会进化的局限性，构成了我们当下人类文明与野蛮、正义与邪恶、理性与情感等永远的博弈过程。因此，陷阱本身也是在发展和转换的。

对人生陷阱的迷失，不外乎有一点是共生的，即人性的本能欲望，禁不住最大化的诱惑，从而落入陷阱。这是一个普遍性的现实。若分析历史上大大小小的人物、历史事件、生死悲剧等，从中发现都是因为负有欲望的放纵，不切实际的需求，对自我认识的迷失和迷恋，以致沉沦了，终于落入各种陷阱而不能自拔。有的人能凭借各种努力，不断总结经验教训，重新爬起来，走向新的人生。有的人忘乎所以，不思进取，从不反思自省，一辈子也爬不起来。

这种现象也告诉我们，人生无常，世事难料，要懂得珍惜过往，记住相助和感恩。在古代社会，我们的祖先圣贤留下了诸多人生经验和智慧，也是我们谨防误入陷阱的重要法宝。

从大道理来说，如《道德经》里的遵守自然之道、无为而为、以和为贵、天下为公，孔子《论语》里的仁者爱人、忠义礼智信等。这些诸子百家的经典，也是我们规避风险、身体力行处理社会各种人际关系的基本信条，值得我们常读恒读。中华民族就是以此为信仰，走过了苦难辉煌的历史，形成了我们的民族精神。这是从大的方向上来讲的，谨防落入各种自然和人为的大陷阱，不让整个民族国家造成毁灭性灾难。

从小的现实层面来说，谨防陷阱，提升个人的生存智慧，除了自身投入社会生活的历练外，热爱生命和生活，不断总结个人经验教训，坚守正确的"三观"，才能实现一个较合理的目标，使自己的生活不至于迷失和陷入沉沦。一个人的独立思考和理性认知，对自我的生活克制，保持良好习惯，也是减少试验性重复失败的一个重要基础。

人的本能决定了其命运，在物质世界的有限性，在精神世界的无限性，两者的对立和统一，使我们对自身的存在欲求有一个相对的平衡。如果总是处在对立的状态中，对生命的消损和误导也是我们人生的一个巨大的陷阱，不得不引起重视和谨防。

在现代社会，随着及物社会扩张，生活的日益丰富和开放，随之而来的各种诱惑也越来越多。自然界的变化，人性的异化，科学技术手段的精进和更新，我们迎来了一个大数据时代。而人性社会对于物质欲望的诉求也变得越来越疯狂，精神变化多元复杂。在人与人的生存竞争中，自由竞争更为激烈，金钱困兽逼迫人性走向扭曲和撕裂。有些人的价值观逐渐歪曲，做出各种伤天害理的傻事、蠢事、恶事，所以，各种骗局层出不穷，让人眼花缭乱，难以辨识。这是所处的人性现实的悲哀。

在社会上，在职场里，在生意场，在婚姻家庭里，甚至在亲人朋友之间，一个人不挨上一两次上当受骗的事，似乎也是很难的，否则，便好像没有在人世生活过。关键是上当受骗之后，如何面对，并能跳出陷阱？最重要的是个人意志和心理承受能力需要足够的强大，这是活下去的一个基本条件。

现在，各种谎言骗术，骗财骗色术，一个比一个高明，一不小心就躺着中枪了，连自个儿反应的机会都没有。但是，一个人能走出丛林规则，只能回到常识的理性社会，这是规避风险的良知要素所在。所谓常识，是我们早已约定俗成的、通过真理检验的科学的认知。比如河水向东流，讲真话不讲假话，善意的谎言还是谎言，水不能变成油，等等，这些基本的常识，是我们判断和辨识真伪的基础，照此去生活和要求自己，就不会去做蠢事了。

当然，讲真话并不容易，人性的智慧有恶性的一面，一个高智商的社会，其陷阱和骗术更高明，以致让一般常识无法辨别真伪了。所以，也有了老子《道德经》上的无为哲学，提倡反技术，构建无为社会，克制人的发明创造用于人性满足欲望的目的。对于老子的理想社会，我们不必过于刨根问底，人类社会发展到了今天，面对现实，我们当下应借鉴古人的经验，通过科学理性常识的教育机制，来规范人的行为准则。

诗人有理由发出自己的感受和警醒，这是我写这篇文章的初衷。我也上过当受过骗，甚至上过很大的当、受过很大的骗，有的骗子就是亲戚朋友，曾给我带来巨大的伤害，也有深刻的教训。就我个人的人生经验，具体来讲是，做人厚道，与人为善，守住底线，懂得感恩，不怕吃苦，甘于吃亏，不图小便宜，不贪大求全。这样，陷阱会远离身边的人一些，与人的关系也相对安全融洽一些。

2020 年 10 月 31 日

五十而知天命

再过两个月，我将满五十岁。这个年纪是不知不觉地来的，没感觉到多么突然。我平时一直不在乎这个年龄问题，过生日吃蛋糕唱生日歌，好像总是别人的事。但我喜欢为他人庆生，分享亲戚朋友快乐的生命时光，但我从来没想到过为自己过一个生日。

当有人问我，生日快来了怎么过？我一脸茫然，无非喝喝酒，唱唱歌，亲朋好友聚聚。当然了，一个人五十岁了，因是所谓的知天命之年，还是有点儿所以然与不所以然的味道。许多史上大家或者平民百姓，都会在这个时间段有所思有所想，并发一通大感慨。何况我还是一个诗人呢。五十岁难道没有什么不一样的意义和情感？没有什么特别的模样吗？

为此，我也思考了一些时间，这些年来所写的诗歌，所走过的路程，以及对未来的展望。如何去思想去体悟？先不妨读读圣贤书，从里头找点儿古人的定论，或许，先人关于活过五十岁的人，有更多精彩的说法。人活到这个岁数，是否还有别的不一样的活法呢？这不正是诗人们所要寻找的答案。

诗人穷其一生的大命题，就是两个字，生死。这在人类社会，一直都是个大话题。"诗人之死"体现认知和实践的答案。从审美情感和认知常识，还有终极的命运等特征上，显然与众不同。诗人也只有从这些不同之处来表明他的存在价值。

孔子言，"三十而立，四十而不惑，五十而知天命"。对此，不同的人生经验，会有不同的回答。什么是天命呢？孔子主要是从社会伦理上设定了人的不同时段的生命的行为和表现，来证实人的社会价值（主要是德和仁两个方面）。孔孟的"君子"人格论，也包括了人生的不同时段所持有的正确的自我认知与表现。即德必以配位，方能显出天命整体。

在具体的个人上，我所认知的层面及维度之不同，与现实中的人，是有很大的反差的。比如，作为诗人，我立的是什么呢？不惑的是什么？而我所"知天命"又是什么样的？我的五十岁，与李白、王维，或顾城、海子，显然是不相同的吧。

我认为，诗人三十而立，立的应是有了第一部诗集，有了安身立命的事业方向，有了个人的生命意志和命运。一个诗人的命运，就是诗人在社会上所应承担的一切。具体到"诗言志"，就是对一个立志写诗的人最好的诠释。所以，三十而立，立的就是诗之志，以诗载道，忍辱负重，任重道远，矢志不移。

这个作为诗歌的一种命运担当和审美意志的成熟，代表着诗人作品初步立世及价值观的修炼成形。通过"三十而立"的恒志，到"四十而不惑"的天道酬勤，这两个阶段是诗人最具有责任担当的、勇于进取的时期，是诗人生命合力最为坚实、充满激情的时期。

到了五十岁，诗人就应知道他这一生的天命和使命是什么了。他能做的和不能做的，他能选择的和不能选择的，他承传了整个诗歌道义的责任和义务。前面十五岁志于学，三十岁立于世、四十岁而不惑是修炼的过程，是从道德到人格"修境"的实现。五十岁知天命是"悟境"，他悟到自己的命。我自己的诗歌之命，正是这个样子的，也是统一和融合的。诗人这样的作品一旦出现，就是诗人天命的本质和意志，它凝集为诗人的真实之相。相由心生，而生万物之清净与澄明，诗的大气与博广，诗的大爱和深刻，让我们灵魂与物质世界共存一体。

李白在五十岁知天命时的大作，不是他最为有名的诗篇，而是下面这首五言古诗。此时，正是他放官回归江湖，回归旷野做道仙之时，在经历了盛唐皇宫玄宗之御用诗官之后，虽然有未能报国展宏图大志之喟叹，但其为大国之图强奋起之心仍在。"卷舒固在我，何事空摧残。"本诗犹可见他知天命而不认命的乐观精神和大道在握的自信。

秋日炼药院镊白发，赠元六兄林宗

木落识岁秋，瓶冰知天寒。

桂枝日已绿，拂雪凌云端。

弱龄接光景，矫翼攀鸿鸾。

投分三十载，荣枯同所欢。

长吁望青云，镊白坐相看。

秋颜入晓镜，壮发凋危冠。

穷与鲍生贾，饥从漂母餐。

时来极天人，道在岂吟叹。

乐毅方适赵，苏秦初说韩。

卷舒固在我，何事空摧残。

李白是我国唐代伟大的浪漫主义诗人，一生为我们留下了诸多脍炙人口的诗歌，不论是大人还是小孩儿，都十分喜欢李白，称其为"诗仙"。他的诗歌精神已成为中华民族不竭的诗意源泉，人们对李白的诗歌，都是在茶余饭后，信手拈来。他的诗歌既有民间民歌自由诵唱之时尚特性，亦有事功文采、宫调格律吟咏之美。

李白的诗性生活及其作品，是盛唐时代"唐诗"这一文学形式最为全面而完整的反映。从这首五言律诗来看，比较完整地呈现了他在语言上的严谨和缜密，叙事与抒情、节奏与韵味、想象与比喻灵活运用等特征，呈现呼应和美、灵动融合的艺术境界。五十岁时的李白，与自己的道仙好友共聚山林，把酒言欢，感慨日月如梭、生命迟暮，但仍有诗与远方可追寻，希冀和探求宏图大略，展现自己的家国诗志。

本诗写得淡定从容，又气势非凡、情感浓郁，平和自然而无夸饰和狂放虚妄，读来平实随和、自在致远。时年的李白，是知天命之年。"卷舒固在我，何事空摧残"，本诗犹可见李白知天命而不认命的乐观精神，仍有大道在握的自信与自我。知天命而足见诗人之道。诗人天命是诗与人的命运合一，李白是知性合一的高远诗人。

再来看另一位大诗人五十岁时之作，他就是被称为"诗圣"的杜甫。他与李白合称"李杜"。他们的诗文唱和，是唐诗史上的又一大佳话。而与李白不同的是，杜甫之命运高峰期正处在大唐的晚期，诗作也多反映了大唐的日益没落和腐败之象。一直在底层任官职谋生的他，尝尽了安史之乱后颠沛流离的生活。正如这首五十岁之作，向我们生动描述了这一情景。

自京赴奉先县咏怀五百字

············

中堂舞神仙，烟雾散玉质。

暖客貂鼠裘，悲管逐清瑟。

劝客驼蹄羹，霜橙压香橘。

朱门酒肉臭，路有冻死骨。

············

其中"朱门酒肉臭，路有冻死骨"一句是千古名句，是对千百年来封建王朝制度下的社会现实的本质揭示，也写出一个伟大诗人深厚的家国忠义，民生慈悲之真实情怀。他的诸多诗歌叙事被称作"史诗"，诗以载道，志明则坚，正是其人格的彰显。杜甫之道融合着儒道精神的精髓，在诗学创作上更讲究雕琢细节和功夫到位，其诗更见精确、严正和沉实，是后世在诗艺上精益求精的典范。这些创作的虔诚亦体现在一个诗人的天命与使命的整体自觉中。

李白诗行天下，所写多是放酒行歌、舞剑风吟、江山浩荡和山水畅怀。杜甫则相反，他在路上，所到之处，民生凋敝、人如刍狗、草木怜情。偶尔也有宴酒承欢之处。他极尽想到的，不是及时行乐，而是将心比心，想到的是民之苦、民之悲与民之痛。

所以，杜甫写官场上的行宫之乐、吃喝之奢、权贵之靡，极富华美，炫目生色，与其写的另一些穷人之苦构成鲜明的对比。比如在此诗中，诸多的句子，用词之准确，对比之生动，具物之形象，韵律之顿挫，使诗性的完整隐喻更为深刻。

写到此，猛然间感觉到这两位伟大诗人，其五十岁天命之年与我五十岁知天命之年，不过也只是瞬间发生的事情。这样的穿越时空，绝非错觉，还有诗性的灵通，与此在的我已经融为了一体。

2014 年 8 月 29 日

生命在于运动

　　生命在于运动！这是句老生常谈的话了。但是，真正能理解其中奥义的，或者说已经将此运行于本身的思想行为和日常生活的，恐怕也是没有多少人的。这是我个人的判断，毕竟有太多的事物所体现的内在规律性，不是我们一般世俗中人能随时发现的。我们也只能从最局部的变化中，感知到我们自己的生命，而并非某种物质机器人。我们是人。

　　可是，生命并不为人的运动所正视。当我说生命在于运动时，生命又是如此沉重，反让我看不到生命了。首先，我们要理解什么是生命，其基本的特征是什么，生命和运动又是一种什么样的递进关系。

　　运动为什么又成了生命的另一种代名词？如何解释这句话的多重含义？恐怕文学和诗歌所能全部表现出来的生命，也并非我们真正能看到的生命真相。人在自我认知时，以为不是机器，但是在别人的眼里时，它又是一种机器了。

　　事实上，人的状态正如一台运转着的机器，当我们用科学医学来分析解读人体运动时，人就是一台机器的组合体。当这种观念成为主导之后，我们发现人的审美趣味也相应地发生了变化，对生命的神秘感消失了，对人体的理解更趋向物质，如看立体透视图，如几何平衡对称及线性原则，如观赏一件雕塑作品。

这个过程是相当异化了的人体审视，是对生命的一种复制或仿造记忆，而非真正的原生态的生成，即自然性。没有自然性，生命的主体性及其运动中的自创性被削弱了。正因此，就有"生命在于运动"这样的概念被提了出来。

当然，生命在于运动，这话本身是没有错的，没有运动，就没有生命了。世界万事万物都在运动之中，运动是生命唯一呈现的特质，它是运动着的，若不运动了，生命状态就结束了。人与自然界一切动物活动现象，都是运动着的现象，透过现象看本质，只有人的生命运动与其他生命有着根本的不同。比如思想运动，这是其他生命所没有的。

当我们看到大草原上、旷野上奔跑的狮子、老虎、豹子等，这些动物所展示的，不只是运动过程中的生命形态，还有一种力量和速度的启示。我们看到一切生命形式，其强烈的动感和爆发力，是其价值及意义的丰富元素。运动着的生命，呈现出特有的视觉上的愉悦和兴奋感。

生命在于运动，因有审美的附丽，我们就可把一切活力和生机的生命形式上升为人的生命力。人类的体育运动与生命美学意识联结，正是这一主张的实践和实现。我们看到运动员状态下的生命，仿佛是自己的生命，我们在协同运动中，不是向一台人体机器欢呼，而是向美和力量欢呼。

自此之后，我们无时无刻不在运动中，过上了我们不曾有过的"非运动"的生活，就是为了运动而运动。这样的生命如同游戏。这正是我们的使命目的，却又远离了我们的生命运动共同体，而走上了荣耀的桂冠领奖台。世界性的体育运动，上升为国家与国家、民族与民族之间的名利竞争。我们看到足球和篮球运动员，最后也变成了资本时代生命狂欢的骰子。生命在于运动，不再是生命意义的本身。

有些运动是肉眼看不见的，即使是用了放大镜看自己，那也只能是一些物质运动中的东西，仍然还有一些运动存在，不是科学仪器能完全看得出来的。如果人类能通过高科技看清人性的精神世界，那么，很多生命的死亡、灭绝就不会发生，或者能延缓其消失的时间。人的精神运动，正是生命运动一个核心的部分。

现在，当运动着的自然生命（包括生物、植物、动物与人），无法透过审视一切精神运动的艺术作品，再复印于我们的物质生活（这个生活是一种新生的运动形式，即精神化物质），强大的生命运动又转化为其他力的物化运动。而且，人的精神活动可穿越更超强的时空，如黑洞粒子，并将这些呈现的精神质化转换为另一种物质形式。

当我们认知了这些，感知到更高的多维的视野，即生命在于运动时，人体是一个无时无刻不在运动中的复合体。即使我们进入了睡眠状态，其实还是一种运动，我们身体中的各个器官并没有停止，而是在做另一种运动。这个运动的过程，并非人人都能看见。比如做梦，当我们在进入了梦的境界，其实就是一种运动的上升，梦的上升是精神运动的直接反映。当精神运动的质和量也可以精算出来时，它变成了各种数理公式、音乐音符、艺术品、数字图案、色彩符号。一个人的精神世界越丰富，他的精神运动就越持久和越神秘。在精神世界的运动，生命更呈现一种无限的可能性和不可磨灭性。物质与精神之间的划分和边界被突破后，各种生命现象被融合、被异化和重新衍生。

正是在这一新理念之下的生命在于运动，我们看到整个人类生命世界的镜像与图像的碎片化，又使我们陷入了生命在于运动的这样一个巨大的游戏化、娱乐化和感官化的直觉世界。但是，这一世界又不是真实的，而是一个抽象化的世界。我们看不清自己的运动，也无法看清别人的运动，只是感觉我们一切都在运动之中而无法停止。我们在疯狂地运动和上升，然后又瞬间落下，只是一些存在的碎片在飞扬着。这样感觉的世界，却又是理性的和绝对的，运动着我们的精神和肉体，而作为人的存在，我们的灵魂或个体存在，迷恋和眩晕于此在的虚空，只是虚无的生命运动而已。这莫不是一种空前绝后的人的悲哀？

生命在于运动，而运动却早已停止，生命也只是看不到瞬间的生命。在静止的状态，除了死亡的肉体，精神仍然在运动着。

　　一个世纪过去了，又一个世纪来了。而我们现在的生命运动何为？在物化的世界，谈生命在于运动；在没有灵魂的世界，是物质创造精神；在没有故乡的世界，是虚构故乡的故乡。我认为，一个写诗的重新觉悟者，唯有诗歌不再是革命的武器，唯诗人不再是武器的运动者。革命者的诗歌情感是和平与爱的呼唤，而不是沉沦于死亡和暴力毁灭。强调诗歌的母语原生性，就是诗人在母语的生态系统里生存，也必然在母语世界里运动。生命在于运动，生命也正是在运动中的湮灭。这是人的一个生态的循环过程。

　　　　　　　　　　　　　　　　　2021 年 7 月 21 日

堵车的烦恼

开车的人，最大的烦恼是堵车，特别是你要去办一桩紧急的事，要赶往某会场参加一个重要会议，要送一个重症病人去医院抢救，或去机场赶航班，或去车站赶火车，等等。最烦恼的是那些上班族，每天要急着到单位打考勤，听说有的单位迟到一分钟都要扣工资，迟到五分钟要扣掉一个月奖金的三分之一，一个月内迟到三次要扣除当月工资的一大截，奖金全无。堵车误时、误事、影响人的心情、影响效率，现在堵车成了每个人每个城市最大的烦恼。

最堵的时段是每天上下班的高峰期。如果那个时候有急事，必须出门，出门就是车水马龙、水泄不通，一路都是堵车。一旦你的车流进入一道死流，车轮被卡在中间，进不能进，退不能退，那边的事情又特别紧急，你却困在车堆里，心情会非常焦急和烦躁，如果堵上一两个小时或更长，人差不多要崩溃了。到了目的地，心情不好，很难把事情办好。

堵车很能磨炼人的性格，我是个急躁脾气，偶尔碰上一次，还能忍受，好在我不坐班，有急事我可以提前出门。我真佩服那些上班族，他们每天早晚都在堵车中煎熬，也就是说，只要出门就是堵，他们无奈的同时，还真有一个好性格。

我遇上堵车还是有误事的时候，有几次赶飞机差点儿误了航班，还好都是有惊无险，有一次只差两分钟就要关登机口了。但有一次是真的误了航班。

那次是去四川参加一次诗会，我怕堵车，让司机提前两个半小时出发，如果不出现长时间堵车，哪怕堵半个小时左右，这个时间也是绰绰有余的。哪晓得一上路就堵得厉害。因为我住在水果湖，那时武汉大道还没有通车，我是从长江一桥走的，刚出门，在欧式一条街就堵了十几分钟。到了小东门，又是一段长堵，开始没有想那么多，以为时间足够，当堵了半个多小时，我就着急了，叫司机下车去看，司机回来说，前面出事故了，一辆小货车把一辆宝马追尾了，交警正在处理。一下把我急得满头冒汗，我埋怨司机说，你怎么不走大东门？搞得现在进退两难。他说，平时小东门比大东门的路况要好，也畅通些，谁知道今天这条路上会出事故。司机说得也有道理，埋怨他已经没有用了，只有耐心地等待。

好不容易等到道路疏通了，我才嘘了一口气，司机一踩油门，车发动了，他说，只要不再堵车，还来得及，我也顾不了别的了，只好说，加大油门，快点儿。

有时，越着急越是要出问题，到青年路，车胎爆了。遇这样的事怪司机一点儿用也没有，也没有道理。其实他心里比我还急，我只有安慰他：你换轮胎，我打出租车走。

我下了车，等半天也没拦到一辆出租车，差不多过了十分钟，司机的轮胎换好了，我只好继续上车，这时候，离飞机起飞只有四十五分钟了，司机知道时间的紧急，几乎是一路狂奔。刚过汉口火车站，三四分钟就可以上机场高速公路了，谁知道，连续两个路口，车如长龙阵一样摆得很远，路口的红绿灯放行一次得两分多钟，第一个红绿灯等了三次，第二个红绿灯等得更长。一出路口，时间只有二十多分钟了，高速公路要走十多分钟，还要换登机牌，还要过安检，那时登机口早关闭了。我对司机说，已经赶不上了，就别赶了。那时司机心里也很难受。遇上这种事情也是难免的。我说，不要紧，我到机场，看还有没有今天的航班，如果没有，我就不去成都了。

还算幸运，到机场一打听，还有一趟晚上的航班，难受的是我在机场多待了六七个小时。好在我带了一本书，看书是最容易打发时间的，六七个小时慢慢就过去了。

前几年，曾读到诗人邰筐的一首诗歌《纪事：雨中堵车》：

被卡住了。那么多的车辆被卡住了

奔驰车被卡住了

宝马车被卡住了

小货车被卡住了

出租车被卡住了

救护车被卡住了

110出警车也被卡住了
奔驰车里的大款被卡住了
宝马车里的贵妇被卡住了
小货车里的三箱冻鱼被卡住了
出租车里的小偷被卡住了
救护车里奄奄一息的病人被卡住了
110出警车里的警察被卡住了
警察的手枪被卡住了
手枪里的子弹也被卡住了
被卡在同一个路口，同一个黄昏
同一场大雨里

大款被卡在去会小情人的路上
贵妇被卡在做美容的途中
冻鱼融化了并轻轻摇动尾巴
它们就要借助一场大雨逃走
小偷偷偷溜出了车门
疲惫的警察坐在110出警车里睡着了
而病人早已变成了尸体
他的灵魂化作一缕轻风飞走
…………

我想，这应该是邰筐生活的真实感受，或许是在某一次堵车途中，路上发生的事情全被他看见和记录下来了，或许是发生在多次堵车中，然后他把这些故事汇集到了一起，就写成了这首诗。其实，这些事我差不多都遇到了，我却没有把它写成诗，而邰筐写了，写得那么真实，那么有画面感，那么感人，让大家都产生了共鸣。

　　别的我不说，因为堵车，病人不幸离世，这样的悲剧时有发生。有一次，我在电视新闻中看到，有一名骑车的中年人被一辆小车撞成重伤，急救车载着伤者赶往最近的医院。但整条马路被堵得水泄不通，急救车一直响着警报器，前方的车辆却无动于衷。不到三公里的路，急救车足足走了四十分钟，抵达医院时，伤者由于没能得到及时救治，出血过多，已经死亡了。还有一次，为抢救一位病重的男婴，高速公路执法人员驾驶巡逻执法车闪着警灯拉响警报，在高速公路上往医院快速驶去。路上其他车辆听到了警报声，并不避让，更烦躁的是，前面突然发生了车祸，应急车道被社会车辆占用了，路堵死了，救护车根本过不去，在路上足足堵了两个小时。婴儿被送到医院时，已经完全没有了生命体征。后来医生说，小孩儿之所以死亡，是因为耽误的时间太长了。

　　这样的事我也碰到过。在几年前，我的一个老乡在武汉东湖梅园附近遭遇车祸了，生命垂危，在送往就近的中南医院途中，因为那时正是上下班的高峰期，路上一路遇堵，先是在风光村堵了半小时，到了水果湖，距医院不到一公里的路程，却堵了二十五分钟，老乡一路出血不止，到医院只有一点儿血脉在跳动，虽然医生竭尽全力抢救，但还是没有抢救过来。医生说，早到十分钟就好了。这条生命完全是堵车耽误的。堵车无情，堵车害人。

突然的一场雨

突然的一场雨，就是一场灵魂在场的邂逅和洗礼，是心灵在情感骤变后的诗意绽放，是不期而遇的风花雪月的一幅水墨画的展开。

我写诗是很少写到雨的，但有很多雨的花却开在我的诗里，看不见，也摸不着，那是我的诗魂、我的诗性的飞升。

灵感的雨，诗性的雨，思想的雨，透过江南，我曾在某个清晨，去过那里的湖，那里的岸，那里的桃花三月，那不曾有过的浪漫的花季和雨季。

更多的是樱花雨，我心灵的书房通向那里。在三月，在武大的樱花季，我时常不知是在梦里还是现实中，穿过那一片樱花之地，找不到梦的边际。

那是一场感觉的雨，一场意外的诗的火花，花中的雨、雨中的花，无比绚丽、清莹和透彻，童心从上面掠过，青春点亮了花蕊，有矫燕从高空中俯冲而下，下在湖面上的雨响起故乡的呼唤。

突然的一场雨，是云的灵魂来过，思想在此漫游和徘徊；是鲁迅先生来过，在这野草之地，野火烧不尽，春风吹又生。"暖国的雨，向来没有变过冰冷的坚硬的灿烂的雪花"，"那是孤独的雪，是死掉的雨，是雨的精魂"。（鲁迅《雪》）

我在长夜的苦痛中，梦过我自己，雨在永年的白夜里，凝视我的梦。这雨中的精魂，这精魂里的雨，聚合成一场千年不遇的雪，雪中的雨，雨里的精灵。

那是过去野草不曾有过的梦的燃烧，在一望无际的田野，田中的禾苗在生长拔节。那何曾是我的失落梦呓，在六月之夏，在插秧的时辰，在一场雨突然穿山而过的瞬间的静止。

鲁迅的雨是抽象的，是通透的汉语之光洒过黑暗的夜色。是诗人的沉默，于无声处听惊雷，炸开人性的洞穴。我走在雨中，我等着雨远逝的回音。

而我的雨啊，又是实实在在的劳动者的汗珠，是咸涩的甘苦的泪滴，是六月的天七月的田，是丰收与希望的田野上交响的命运。

我们撒下谷种，我们育出秧苗，我们扯秧插秧。有多少个今天和明天，多少次日出和日落，我风里来雨里去，我跟着父亲，走在田埂上，蹲在水田中，父亲手把手地教我，我学会了扯秧、插秧。

当我将春天的第一把秧苗插入水田，当我稚嫩而又黝黑的小手带出一把黑色的泥巴，一道灵魂的闪电在我的后背划过，照亮我的童年。一场大雨卷起大风，大风又裹着雨，淅淅沥沥，下个不停。

在雨中，我在水田里插秧，像是在水田中写诗。我把秧苗一棵棵插入水田中，就像是把一行行诗写在了水田里。这种感觉非常微妙，儿时我迷恋着唐诗，走在地头和山林里，不时也要背诵几句。我记住了古人的话，"熟读唐诗三百首，不会吟诗也会吟"。写诗有诗道，插秧也有道。

我在后面，看着前面的父亲，一步一行，一起一落，插秧的节奏如同音乐。这是父亲在向我传授技法，种田也是有法的。得法者，种得多，就能收获得多。耕作也有法，法在自然之道中，如二十四节气，如春天的雨点，落在我的手心。

想起一千年前的诗人布袋和尚曾写过一首诗《插秧偈》。"手把青秧插满田，低头便见水中天"，意象、语境、情致，不待多言。"心地清净方为道，退步原来是向前"就是一场正在进行书写的心田和水田的生命修行课。

雨还在纷纷而下，有一阵风而过，一片云而过，云影倒映在水田里，我的身影和父亲的身影在水田里如天下的云影重合，同一千多年前的唐代诗人布衣和尚的诗句融合，此时正是，"东边日出西边雨，道是无晴却有晴"……

我喜欢听谷子抽穗的节奏，禾苗在阳光下拔节的声响，我在顺着父亲的背影背出在田里插秧的诗行。热烈的六月，浓情的季节，大水田的老牛啊，在张望着沉实勤劳慈悲的父亲，走过那一行行、一排排绿色的秧苗，长出了金黄的稻穗。

当芒种的风在山间游荡，我的少年之心鼓满了绝望中的希望。当苦难的劳作转换为饥饿的食粮，我的财富就是我的诗篇。当夏日的雨季徘徊在炎炎似火的山口，我祈求一场雨的来临，我盼望打开那云里的秘密。

我走过的泥土里，生出了我的名字。我站过的村口，立起了我的诗碑。我下过的小河，留下了我的梦想。我上过的山峰，挂满了我的童年。那是一场千年雨后的传奇。

一场诗性的雨，引领着我的走向，一场灵魂的雨，下在了我的故园。那何曾不是我所有的血泪在夏日邀约一场语言的盛宴，那是我的四季的灵魂在雨中的冬天里的春天。我从雨中的游子的精魂，到雪花的春节归乡的使者，走过这一切的乡土的祈祷和祝福。

2023 年 12 月 27 日

落　叶

　　秋天来的时候，我们首先看到的景象就是树上的叶子开始掉落。气温开始渐渐转低，随着落叶飘零和天冷，旷野山林、果园村庄，也由深绿转向金黄与浅灰。天地从而次第发生着色彩的变化，人的情绪随着天气的变化也不同地变化着。真所谓一叶知秋。比如沉静、喜悦、知足、悲悯、悲歌、悲叹，等等，谓之"悲秋"。这些人的情感的生发，此时与这些秋天落叶的色彩变幻，有着不可言说的微妙感受。

　　当九月之际，秋天的风吹过田野和树林及村庄，大地的景色开始慢慢地呈现出一片一片金黄的景象，阳光总是在稻谷之间闪烁着明亮的光芒。那是向人们宣告，收获的季节已经来到。果园和地头弥漫和沉浸着阵阵浓郁的果香。

　　在旷野的山林果园，树上挂满了各种果子，满足了孩子们的想象和好奇，引诱着他们嘴馋和好吃的野心，以至做出种种冒险的冲动。比如摘果子比赛爬树的高度，或者将野果子藏起来，在不为人知的山洞里分享。那是我们童年最快乐的时光。远处的山峦与近处的炊烟，与金黄色的黄昏交织，构成一幅幅静美的油画。

而收获满满的归家农人，在秋天的向晚里，脸上都带着祥和平静又略显疲惫的笑容。我喜欢这秋天的金色的黄昏，喜欢这被金色的阳光和劳动者的汗水洗礼过的日子。我曾不止一次地站在这里，看秋天的叶子悄无声息地落下，那可是无声的大地的赞美和祈祷。

在我的诗歌里，有他们的影子、他们的灵魂和他们的幸福。那是秋天交响的音符，是丰收的人欢乐的一瞬或老气横秋的一刹那，显现出生命的幻灭和绽放。这是我对于秋天的理解。总在落叶之间，她的枯萎和深刻，她的疼痛和飘零，有直入骨髓里的悲悯与苦难，融合着一个诗人对秋天深沉的热爱。

秋天是一种自然的、复合的美，是一种悲剧的诗意哲学诞生，世间万物在此时升华，经过风霜雨雪的打磨、生死轮回的考验和生存幻灭的追问，一切获取和失去，在秋天的某一个时辰，统统归零。这一刻，绝对的伟大，绝对的永恒，是每一个个体生命在悲壮地行天地之葬礼，由此灵魂升向远方的无尽无际。

呵！倾听秋天的私语，总是落叶的回声，由远而近，由近而远，那是天籁迷人的温馨。从丰收盈盈的大喜悦，又到繁华落尽的悲怆，整个季节的存在与虚无的幻象，即自然发生的命运交响曲，是灵魂和自然奏出的音乐交响。

我们每一个人，都在感同身受，彼此抵达心灵深处的愉悦和忧伤。我们看到万物彼此都有幸福失落的情人，他们的情话和呢语透过金黄的落叶的余光，感受着存在的丰实、精神的悠扬与天地的恩泽。

就像我，从来都这样，不时地回到了秋天的田野、菜园和村庄。我抚摸着秋天情人的皮肤，土地的沉静深厚，感受着五谷丰收的召唤。当我总是从秋天的小路折回铺满落叶的花园，溪流的声音回环往复，我会捡起一些落叶，怀揣起来带回家。我不拘泥某一种树叶，只要是秋天的落叶，我都会仔细地查看、认真地端详，都可以从中发现大自然美的秘密。

回想我童年的乡下，我特别喜欢一种叫作枞树的落叶。它是松树的一种，只是在乡下各地的叫法不一样。它的树叶子像牛毛针，春夏季青绿，但一到秋天时，有些松针会变黄落下来，满地都是。我曾背着箩筐和竹笆，和小伙伴们一起，上村后的山上打捞这些枞树落叶，它是冬天回家生火时极好的燃料，它也极容易点着火，燃烧时火焰足，火头高。

所以，每到秋天，山林防火的人最怕这些老枞树叶子着火。对于在山上吸烟的人，处罚是非常严格的。在鄂东我的故乡山上，野松树、枞树是很多的，秋冬的风一吹来，这些松叶就纷纷地掉落了，我站在树下，感觉就像下着毛毛雨，也更像一个饱经风霜的老人在掉着头发！我们把枞树在整个秋天的落叶堆积起来，像一座小山，足可以供给一家人一个冬天的柴火。

在我老家的后山坡上，曾长有几棵近百年的大松树、老松树，老人们经常讲到这些老松树的故事和年轮，他们对这些松树有着特别的情感，让我们这些小孩儿有些捉摸不透。因此，一到秋天，我经常在星期天上后山去与这些老松树亲近，抚摸它们粗糙的皮肤和深厚的裂开的皱纹，看看它们高大的枝干和直插云天的身躯。这些都是我们村庄百年来的树，村里的人像敬神一样敬着它们。

我特别喜欢松树的叶子，燃烧时带着一股浓郁的自然香味，而且松树上还结果子，夏天松果子是松鼠的食粮。有时我与伙伴们到山上玩，看到那些灵巧可爱的松鼠在树上爬来爬去时，有时我们就与这些小动物捉迷藏。抓住松鼠的机会是很少的，主要是我们喜欢和它们一起玩乐。松果子也是上好的柴火，到了秋天就会开始掉落，晒干之后的果子也最易引火生炉子，我们会捡回一些，大人们也很高兴。

秋天的味道，对我来说，就是这种落叶生火烤熟了的地瓜的气味；是老屋升起来的炊烟、金黄的乡村田野，那些稻草、麦秆儿、玉米秆儿等，弥漫着的老屋的宁静特有的草泥气息；更是松果球在炉火中噼啪作响后，从父亲手上托着的瓦罐里的土鸡汤味……

秋风扫落叶，不仅是秋的事，落叶也要送走秋天，没有秋天的落叶，哪有冬天的飘雪？没有大雪纷飞，又哪有春天的万紫千红？秋天的火红和悲壮，秋天的丰饶和富有，才能迎来冬天的雪藏和春天的万物复苏。只有读懂了秋天的落叶悲壮，才能明悟万物的生命之复来。秋天的落叶，正是自然复始轮回之因果。

因此，不论是北京西山的红叶，染红江山之壮美，岁月之静好，令人流连忘返，还是加拿大的枫叶，透视森林之天籁、星空之诗语、灵魂之纯粹等。这些秋天之梦呓，寄语山海之情怀，或澄怀观道，或慎独沉思，或潜心灵魂。这些都是一个诗人对秋天落叶必不可少的礼赞。

回望生命的秋天，人生如落叶。由此想来，我对于秋的落叶的盼望和虔敬，或许又多了一份诗人特有的内心觉悟。即在个人的命运里，又如此深刻地揳入了我的童年、少年全部的爱。秋风扫落叶的瑟瑟如琴，老气横秋的秋水明月之台镜，在悲秋吟唱里的李杜和三苏，这些都是我的秋天的世界。

在唐诗宋词里、楚辞汉赋间，唯我少年明月之心，早已是心领神会了。因为，正是少年诗词心引我走向秋天的明月秋水和落叶繁花。对于秋天的热爱，也正是我一生的写实。我走过秋天的大地、旷野，秋天的花园、果园，秋天的秋水明月，秋天的落叶霜降，秋天的繁星私语……

我还有什么理由，去质问悲秋的诗人？我还有什么资格，去不屑那一片片随风扬起而又落下的落叶？我还有什么理由，不为这秋天的轮回而高赞秋天的命运交响？此刻，她正在将我的命运一一眷顾，在一首诗里、一支歌中，一杯酒和一杯茶里……

呵，那一片片落下的叶子，是我命运的诗行。

2021 年 5 月 18 日

秋天的味道

我写诗，一年四季，最深厚的感受是秋天的味道。秋天的味道，在乡野，在田间，在果园，在草甸，在山里。

在秋天的事物的更替和递进中，总是有不同的色彩和气味，与人的味觉相近相同。当我漫游其中时，就有不同的意象与情感进入我这梦想的诗乐园。相比于其他的节气，秋天的确是一个巨大的诗歌通道。

秋天的气味，最浓郁的时候是早晨和午后这两个时辰。我从乡下的泥路上走过，秋天的雨水或露珠带着落叶的淡淡的苦味，夹杂着些许的野果子的甘甜。

在放晴的黎明，秋雨之后，太阳洁净而明亮，早上的光芒有些刺眼，当正视眼前的旷野时，是满目的绚丽和澄澈。秋水伊人的时节，我独自沉思和徘徊，吮吸着收割后稻田弥漫的、浓重的、混合着农人汗水的泥土与谷子的气息，仿佛是父亲透过打谷机传来的那种深厚的呼吸。

而最让我熟悉的气味，当然就是阳光的气味了。秋日的阳光折射着金黄的树叶，透过明净的湖面飘荡在秋风里，吹起少女的长发，秋水如镜，映出她平静的笑容，流溢出桂花和秋荷的迷香。

午后的秋光融入平静明亮的秋水中，在渐向泛黄的荷叶之上，我触目的深处，莲藕散发的粉甜、在故乡的荷塘里的味道，是秋天深处的少年一首无名的诗歌的秘密。

秋天的味道，更是万物丰盈而成熟的各种美的味觉，可激起内心平和的食欲。人们在这个季节，享受最纯正的美食。天上飞的，地上跑的，水里游的，树上结的，草里长的，如诗如画。秋天的神圣，赋予了大地无限的恩典。

天道酬勤，人非劳积，诗意栖居。劳动着的人们，被秋天的味道所浸染，脸上洋溢着迷醉和温馨，分享着丰收的喜悦，那是献给至爱的人的礼物。此时，秋天的味道，又是女性发际上升腾的幸福，是大地上的丰乳肥臀和丰韵。

秋天的味道，是八月桂花遍地开，金盘玉盏客人来。月挂枝头上，月亮走，我也走，情歌唤美人，举杯放酒歌。我在此时的人间，每一个香吻，每一份手札，印满了江南的秋月、江北的菊黄。秋天啊！亦是金黄的肥蟹和鲜嫩的龙虾，温润那醉人的酒色。

当初秋的风吹过一望无际的湖面和远山，公子王孙和劳动人民纷纷走出家门，携手丽人玉娇，或撒网，或垂钓，加入这秋天的美味，是大典盛宴让蟹儿肥了，鱼儿鲜了，虾儿美了。人们沉浸在秋天的美味中，或流连忘返，或对酒当歌，听一部

《红楼梦》，说尽天下事，观一弯新月，洞察人间真情，留下千年叹，更觉亘古荒。

这样，秋天的味道就有了另一种视觉，另一种禅意。人生如梦，莫过于走进了大观园，品尝蟹黄柳，咏醉秋梦诗，闻香识美人。再读《红楼梦》，又赋金陵词（贾宝玉、林黛玉、薛宝钗的诗词绝句）。秋天的味道，都在这人间的梦园里，也在才子佳人的诗句中。

此是历史如当下，文化大观园起，即此复兴之日，可阅梦中秋水诗。贾宝玉吟，"持螯更喜桂阴凉，泼醋擂姜兴欲狂。饕餮王孙应有酒，横行公子却无肠。脐间积冷馋忘忌，指上沾腥洗尚香。原为世人美口腹，坡仙曾笑一生忙"（出自清代曹雪芹小说《红楼梦》的《螃蟹咏》）。

大观园里的贾宝玉，百年朝中的桃花儿，富贵荣华起，以诗尝秋天，人生的福乐至。诗中写出了多少事，杯中情，酒里意。吃蟹的人，内心的感觉，外在的得意，竟是天下第一人，食客东坡相并论。

秋天的第一味道，非"秋蟹"莫属了。听林黛玉唱，"铁甲长戈死未忘，堆盘色相喜先尝。螯封嫩玉双双满，壳凸红脂块块香。多肉更怜卿八足，助情谁劝我千觞。对兹佳品酬佳节，桂拂清风菊带霜"（出自清代曹雪芹小说《红楼梦》的《螃蟹咏》）。

"天上掉下个林妹妹，似一朵轻云刚出岫"……这一唱，引来秋天的味道无数，各自在腹中，何谓蟹而非蟹，足见才情中人，冰清玉洁，犹怜可见。秋天的盛宴良辰中，还有什么比得上这《红楼梦》一席美美诗蟹宴呢？

薛宝钗说，"桂霭桐阴坐举觞，长安涎口盼重阳。眼前道路无经纬，皮里春秋空黑黄。酒未涤腥还用菊，性防积冷定须姜。于今落釜成何益，月浦空余禾黍香"（出自清代曹雪芹小说《红楼梦》的《螃蟹咏》）。

金陵十二钗中的第一钗，薛宝钗咏秋蟹宴，其诗里头，深藏不露，心机犹锋，透过本质，看清人性。吃喝宴中的杀机，秋天萧煞的锋芒，自然万物的灵，是因一蟹之食，却忘了命运本心。故有薛宝钗之命运在蟹亡的食味中显，埋下了她对人情世故的洞悉，在悲愤的秋天的味道里不带一丝的痕迹。

曹雪芹在《螃蟹咏》中，通过"食蟹季节"过程的诗歌意象在人物角色中的不同感受，从味蕾到味觉，到味道，再到身体感官的变化，上升到了诗性的想象力和精神的审美超越经验，深刻揭示了当时社会食肉阶层中的"嗔、贪、痴"的精神趣味。

当我从《红楼梦》的秋天的味道走出，一场公子王孙食蟹祭礼诗典让我回到现实的当下，我正在穿过自然秋天的午后。回望仲秋的乡野，浓郁的麦草垛气味中，又闻到远方飘来的炊烟混合着奶妈烤红苕粉皮的香味。或许，那才是我在故乡后山坡下，真正的秋天的味道。

门前的小路伴着满屋的桂花糕、栗子香，与一条流速不紧不慢的小溪相遇。风中高举着的"秋眼"，像是那挂满灯笼的柿子树，如橘灯，似火把，点燃和照亮。在这秋天的晚钟之声里，我思乡的秋天另一道味，她的名字就叫作乡愁。

我也曾与友人一起，走过仲秋的明月，在一棵千年的树下，举杯对影成三人；在大山的深处，在亘古未来的远方，呼唤那千年的玉酒、万年的神瓢，舀起我那江河滔滔般的诗行。从红楼出走，到乡野晚归，我与友人用心感受着这一路的秋天的味道。秋水伊人，月光如歌，秋的大雁飞过头顶和山巅。

从初秋到中秋，又到了深秋。秋天的味道，一层比一层浓郁，这醉人的秋色一路比一路闪光。我在秋水明月之中，安静地等你的味道。

那高大的秋树、升起的月光，弥漫着秋天的味道，升腾于我的四周。那深秋的味道，仿佛要再次染黑我的白发。在满天的星光洒满大地的时刻，我寻着我的梦，我的梦沉入秋天深深的味道之中，那将是一个远方的游子，心里永恒的故乡。

2021 年 8 月 9 日

去 同 里

　　早就听说同里是我国江南水乡风貌最具代表性特征的江南古镇。同里"家家临水，户户通舟"，有江南典型的"小桥、流水、人家"的水乡特色。朋友告诉我，同里比起有"中国第一水乡"之称的周庄毫不逊色，周庄的商业气息太浓，去同里更让人有身临水乡的感觉。朋友说，同里更以其深邃的历史文化底蕴、清丽婉约的水乡古镇风貌、古朴的吴侬软语民俗风情展示在世人面前。

　　也许是我与同里有缘，过去向往同里，只是个梦想，没有机会成行，但在 2010 年的 8 月至 11 月三个月内，我却一连去了两次同里。

　　8 月中旬去同里，是我们单位组织全体机关工作人员到上海看世界博览会，顺便也到苏州、同里走了一趟。同里真的很美，我感觉同里像一幅世上最美的油画，一幅宁静的恬淡的浓郁的水墨大写意，色彩斑斓。同里的流水、小桥、小船、小巷、白墙、乌瓦，更是让我心旷神怡，流连忘返。过三桥是同里一种古老的民间风俗，太平桥、吉利桥、长庆桥，三座桥三曲九折相贯相联，走过了三桥，象征着将来的人生路平安幸福、喜庆发达、吉祥如意。同里的嘉荫堂、崇本堂、陈去病故居等古典式建筑民居，大都以梁棹窗棂间的精细雕刻著称，除了雕刻的吉祥龙凤和花卉图案外，还有传说故事、戏曲小说中的人物雕像和场景再现，整体结构匠心独具，构思精巧玲珑，堪称一绝。

到了同里，退思园是必须去的。退思园是同里景区的精华和核心，单谈它的园林建筑格调就别具一格，亭台楼阁、轩榭桥廊绕地贴水而筑，布局紧凑，朴素淡雅，似在随波浮动，显示出退思园格调高雅、非同一般的艺术魅力。

退思园是同里的著名园林，园名取《左传》"进思尽忠，退思补过"之意。园主任兰生于清朝光绪年间，他最初走出同里，步入仕途，一路春风得意，官至安徽凤颖六泗兵备道道台兼凤阳关监督，达到了人生的巅峰。凤阳关监督是个肥缺，因此宦囊充盈，可是某一年，朝中有大臣弹劾任兰生搜刮民财，虽查无实据，最终还是被革职，退回故乡。

任兰生从官场退回故乡同里后，在亲朋好友的帮忙筹划下，历时三年，建成了这座占地九点八亩的娴静优雅的退思园，"退"而思"过"可能就是任兰生当初建园的本意，但后来，任兰生还没来得及坐在园子里静下心来沉思，又被朝廷重新起用了，不久以身殉职。著名作家张抗抗游完退思园后的思考，也给我带来了同样的启示：为什么人们总是要待"退"时才能思过呢？尽管退而思过，当强于退而拒思者百倍，但若在"进取"时，亦能冷静检省自己，岂不是能避免更多"过错"吗？同里也由于退思园的存在，而区别于其他安逸俗艳的江南小镇，被罩上一层冥思苦想的思辨色彩。

从退思园出来，是一座古色古香的临水搭建的古戏台，听说戏台上平常表演越剧、昆剧、苏州评弹等有江南地域特色的古装戏曲。这一天，这里没有戏曲的表演，而是在举行同里一年一度的"水乡丽人"选美大赛。那一个个天生丽质的青春美少女，展示的是她们高挑丰润的身姿，迸发的是她们二十岁青春的激情与活力，洋溢的是时尚少女的气韵和风采。古戏台下挤满了看热闹的人，我也跟着挤进了熙熙攘攘的人群中……

这次来同里，因为是集体旅游，来也匆匆，去也匆匆，也只能是走马观花地走一走，看一看。我确有意犹未尽之感，临走时，一步一回头，难舍难分，我想，如果还有机会，我还想再来同里。

以为再来同里会是一次漫长的等待，谁知不到三个月的11月初，我又一次来到了同里。

在来同里之前的10月31日，我正在澳门大学参加台湾著名诗人洛夫先生的诗歌研讨会，《人民文学》的商震副主编突然打电话给我，他告诉我《人民文学》杂志社11月5日至8日在同里举行"《人民文学》创作培训基地挂牌仪式暨第二届'诗歌与公共生活'高端论坛"，商震问我有没有时间，能否参加。尽管我知道在澳门还要待两三天，中间还要赶回武汉处理一些事情，如果答应参加同里的论坛会议，还要抓紧写发言稿，时间非常紧张，但我还是毫不犹豫地答应了。因为参加《人民文学》诗歌的高端论坛机会难得，参加者都是中国诗坛有影响的重要诗人，能邀请我参加，是《人民文学》对我的信任和看重。再一点是，上次去同里太匆忙，我还没看够，这次要在同里住几天，既能多看看白天的同里，以弥补上次的遗憾，又能欣赏到同里美丽的夜景，这是多么好的事情。

这一次真正让我尽兴地饱览了同里。

同里原名富土，因为太湖苏州一带是鱼米之乡，富甲一方，为防官府和盗贼勒索，便将竖排的"富土"二字巧妙地分割组合，上去一点儿，下田合土，变成"同里"，这也折射出富土人的机警与智慧。

同里处于五湖环抱之中，镇内街巷逶迤，河道纵横。在街巷里行走，小巷七弯八拐，像牵一根柔肠在小巷里转悠。踏着岸边错落有致的青石砖铺就的小路，拐过一间又一间古朴典雅、柱廊翘檐的街楼民宅，粉墙黛瓦的清幽庭院，感受同里淳朴的民风，就会有一种戴望舒诗歌《雨巷》中的恬静与闲适，柔情与快意。

泛舟小河上，撑船的女子将长竹篙在岸边轻轻一点，身体轻轻晃了几晃，那女子又将竹篙在船帮一搭，人就稳稳地站住了，小木船也慢慢移动了。撑船女子三十来岁，满脸红润，腰身纤细灵动，婀娜多姿，性感迷人，从她身上淋漓尽致地体现了江南女子的娇艳和妩媚。小木船在穿过一座又一座石拱桥时，她的身子娴熟地微微向下一错，头微微一低，一撇，一扭，一座石拱桥就穿过去了，这么低的桥孔，她的脑袋竟丝毫没有碰着。紧接着是小木船急转弯，她把屁股轻轻一歪，一斜，一颠，很快小木船就扭正了方向，那女子这一系列的动作好看得绝了。

小木船开始走直道，只见那撑船女子抖了抖身子，清了清嗓子，唱起了那首好听的渔儿郎，边摇橹边唱，歌声和着水韵的节拍，格外动听。我一边听她唱歌，一边将手悄悄浸入水中，让河水的一股涓涓细流从指缝间轻轻滑过，仿佛感到一股水的柔情静静在我心头流淌。

说到水了，我想说说同里的水。同里充满了"水巷小桥多""人家尽枕河"的水的灵性，给人带来了一种"因水成街、因水成路、因水成市、因水成园"不伪不饰、不做作、不作秀的自然灵动。

水是同里的灵魂，倘若同里没有水，我想象不出同里是什么模样。同里的水是站立着的水，是躺下去的水，是走动的水。同里的水会拐弯，会转圈，叫你捉又捉不住，跑又跑不掉。同里的水既让你感受到它的静水流深，也让你感受到它流动的激情与活力，推动别人，推动你，同时推动你的生活。同里的水有江南少女纤巧的细腰，有江南男子的温文尔雅和容清纳浊的宽大度量。我像波浪中的一条小船，在同里的水中荡来荡去，让同里的水尽可能地抚摸我，浸润我，洗涤我。

天开始入黑，我便兴奋起来，因为我可以看到同里的夜景了。这时候，同里的街道里都慢慢点亮了灯火，有些老式店铺装起了霓虹灯，有些店铺点满了古色古香的红灯笼，旁边的录音机里唱着有浓郁江南特色的评弹或小调。虽是夜晚，街道上还是游人如织，有的购物，有的闲逛，有的喝茶或品尝同里的风味小吃，水乡小镇的夜晚更显同里古朴的风韵和情调。同里镇现有八条街道，即竹行街、富观街、新填街、上元街、三元街、东溪街、鱼行街、南新街，八条街道都有各自的特色，有的宁静恬淡，有的清丽婉约，有的优雅别致，有的富丽堂皇，有的内敛含蓄。我想，这也是同里之所以牵动无数海内外游人的独特魅力所在。

夜越来越深了，街道上的人像变戏法似的慢慢消失了，同里镇忽然变得静悄悄的。

为了看同里的夜景，我没有与其他诗人一同回宾馆休息。我悄悄来到同里正街的水巷古桥边，静静坐在一座桥的桥墩上，那时月亮还没有出来，虽然远处有路灯，但周围还是朦朦胧胧的一片黑色。这时，河对面的柳树上传来了鸟的叫声，这里的鸟语好像也带着浓重的地方方言，我听了半天，一句也没听懂。过了一会儿，鸟从柳树上飞了下来，扇动着翅膀，在河面上做了一个飞鸟掠水的姿势，飞走了。

大约又过了半个时辰，月亮慢慢从云缝里钻了出来，黑夜突然被月光洗白了，夜晚一下子由沉寂变得生动起来。一钩新月摇摇晃晃斜落河心，同时掉进几颗星星，使平静的小河顿然星光荡漾。

月亮在水底慢慢移动，像一条游在水里的鱼，一会儿从一座桥的左边游到了右边，我想伸手去捉，但又想起来那是捉不住的，于是又把手缩了回来。月亮还在向前继续游动，游到一只小木船的旁边时，仿佛想顺着小木船的桅杆向上爬，好像试了试，可能感觉爬不上去，就放弃了。当它向另一只小木船游过去时，游着，游着，我一不留神，它一下钻进了那只小木船的船底。这时，水里突然一条鱼跃起，我吓一跳，以为是月亮从小河里蹦上来了。

当我抬头时，月亮悬在同里镇一座淡雅的古风古韵的二层小楼的灰色瓦檐上，小楼内还亮着朦胧的灯光。

关于月亮我不敢再去想象了，再去想象我就成李白了。

2010 年 11 月 26 日

夏天去璞岭

人人都知道，七月的武汉像一座火炉，人热得有些受不了，一天，一位朋友打来电话，邀我去外地避暑。因为天太热，这些天我没有什么写作计划，也没有什么活动安排，于是，我们三五友人结伴，来到了鄂西长阳土家族自治县的璞岭。那天，我们先开车到长阳县城，吃完中饭，在清江坐一个多小时的渡船，再走山路，到璞岭时已经接近黄昏了。

璞岭是坐落在清江之畔的一个高山村寨，这里因为山大人稀，山高林密，壑谷幽深，海拔千米起伏大，所以早晚特别清凉，中午太阳再大也不显得热燥。不像在武汉，即使不出太阳，出门也有一股浓重的热气直冲天，熏得人极其难受。在璞岭，只要坐在树荫下或一片阴凉处，就会感觉很舒服。我们在树荫下打纸牌、喝茶、聊天，像神仙一样快活惬意。

在璞岭的十天，我们住的民宿——二层楼阁，青砖小瓦，翘角飞檐，典雅精致。在第二层屋内，全是木质装饰，木雕花纹，古色古香，彰显出内涵与端庄优雅。我们几个人住在一个干净温馨恬静的院落里，院子里种满了花草、盆景，还有几棵橘树、桂花树，橘树结满了橘子，民宿的女主人告诉我们，橘子现在虽然还是青绿色，但要不了多久，橘子就要黄熟了，如果多留些日子，到那时我们就可以吃到新鲜的橘子了，她比画着说："我们这高山上种出的橘子，可甜哩！"

那些天，我们每天访农家、走田野、钻树林、爬山，在种满苞谷和小土豆的地头走动，在茶园和清江的水边徜徉，走累了就回到住处品"璞红"茶。

璞岭就像藏在深山的璞玉，土质优良富硒，是茶叶生长的理想之地。全村七百多户人家散落在山沟沟里，目前村里有四百多户农户种茶，七八家养牛养羊，五户开民宿和农家乐餐馆，日子都过得很好。我们住的这家民宿，听说是这个村子的第一富户，男主人在宜昌做建筑包头，赚了不少钱，一个月回来一两次。女主人叫陈小慧，身材苗条，长得很漂亮，也特别会做生意，说话和气，待人非常热情，所以她的生意做得十分红火。在陈小慧的民宿里喝茶是免费的，每次我们外出回来，她仿佛掌握了我们回来的时间似的，往往是我们一走入院门，她的璞红茶就早为我们泡好了，远远地，一股浓浓的茶香扑鼻而来。那时一壶璞红茶已经泡好一二十分钟了，茶温正好，走累的人一口气连饮几杯，又香又解渴，特别过瘾，特别舒服。

陈小慧一有空闲时间，就来陪我们聊天，帮我们泡璞红茶，教我们品茶。茶叶就放在进大门处的茶几上，随要随取。陈小慧心性淡然，自在从容，她取来一些茶叶，不慌不忙地为我们泡茶。为了让我们观看璞红茶好看的橙红色茶汤，她用白瓷杯为我们泡茶。只见她手法娴熟，先把适量的茶叶轻轻放入杯中，再用开水慢慢冲下去，水大概冲至八分满，茶叶在水里浮沉、翻腾，不断地舒展，然后慢慢沉入杯底。瞬间杯里的白开水变成透红的茶汤，茶汤红浓，清澈透亮，杯口热气氤氲，一股浓浓的茶香弥散开来。啜饮一口，鲜爽醇厚，甘甜爽口，有一种沁人心脾的醇香，继而散布全身，让人有一种极其爽朗的感觉。

中国人喝茶的传统，已经有几千年的历史，中国的茶文化更是博大精深。红茶的名字得自其汤色红，属全发酵茶，红茶茶性温和，适宜大众人群饮用。"璞红"属高山野生硒红茶，在海拔 1000—1200 米的无污染森林地域生长，山上终年云雾缭绕，雨量丰富，促进了茶树的蓬勃发育和生长。在璞岭，夜里住在深山，早晨推开窗户，清风徐徐，一股清新空气从茶园吹来，沁人心肺，人感到特别凉爽和惬意。当我想到武汉人民正处在酷暑之中，却还在上班工作，心中不由得对他们更生一分敬意。这时晨曦透过碧绿的树叶，映照在窗户上，闪耀着莹绿湿润的光芒，不远处泉水叮咚，小溪潺潺，云雀翻飞，斑鸠鸣叫，烟岚云岫，弥漫在山谷茶林，轻盈飘忽，如仙如梦，好一片世外桃源的景象。于是我赶快漱口洗脸，按我们几个人每天约定的时间去爬山。

2021 年 8 月 9 日

第三辑

一滴酒，一滴情

对诗歌最执着的诗人

——诗人谢克强印象

我在《谢克强文集》首发式上说过："谢克强是我的老师，也是我的榜样。"这句话并不是奉承话，是我的心里话。说谢克强是我的老师，他写诗已经有四十多年，他的诗龄快有我的年龄那么长了，在中国诗坛他又是一位比较有影响有一定威望的诗人，并且在我当初写诗时还真的给过我很多指导、鼓励和帮助。说谢克强是我的榜样，他几十年如一日，对诗歌始终保有一份热情、执着、敬畏和真诚，还有他对诗歌不断探求、不断进取、永不放弃的精神和认真态度，都是值得我学习的。特别是在我前些年迷上打牌的那段日子，他一见我打牌，就毫不留情地教训我："你是一个诗人，诗人就要有诗人的追求，应该好好静下心来写自己的诗。你写诗很有天分，只要你把心好好用在写诗上，你一定能写好，一定能成功。"谢克强老师的话虽然有点儿严厉，但这是一个长者对一个晚辈发自内心的关怀和爱。后来，我不再打牌，沉下心来专心写诗，还真应了谢克强老师的话，我的诗歌创作真的有了不少的收获。

诗歌是人类经验与语言的艺术，是对我们生活的这个世界和生命的认知与感悟。谢克强因为善于感受生活，观察生活，因而他的诗歌就有了更多对人生对生命的独特感悟，这种感悟又是刻骨铭心的。从整体看谢克强的诗歌，不论从意象的开拓上、结构的营造上、题材的开掘上、语言的求变上，还是创作手法的使用上，都有自己的探索、突破和创新，有自己丰富的想象、敏锐的思考和深沉的内涵。最近，长江文艺出版社为他出版了八卷本《谢克强文集》，厚实、厚重，沉甸甸的八卷本，光诗歌就有六卷，凝聚了他大半辈子的心血、智慧和才情，令人惊讶，令人感佩。文集中的绝大多数诗歌，以前我都在各种报刊、选本上读到过，能这么系统这么全面地阅读谢克强的诗歌，还是第一次。

文集中的许多短诗短小精悍，静谧简洁，像一件件精美小巧的艺术品，血液充沛、语言明快、内涵丰富，呼吸清晰可闻，有一种朴素的穿透力和真实美。谢克强的爱情诗往往以新奇瑰丽的意象、恰当贴切的比喻表达诗人心中理想的爱情观，情感真挚，读来像泉水一样清冽，像白云一样飘逸，像鲜花一样灿烂，谢克强的爱情诗可称得上是中国爱情诗一道亮丽的风景线。

谢克强尤其擅长抒情诗的创作，他前几年精心打造的抒情长诗《三峡交响曲》，结构自然，内容丰富，视野开阔，大气雄浑，细节描写形象、生动、真切、感人。他"不仅对宏大的政治主题、深刻的历史主题进行开掘，同时也写人文关怀，很有人性意味"（张同吾语）。我认为《三峡交响曲》是湖北新时期以来抒情长诗的一个重要收获，具有里程碑意义。

《谢克强文集》是谢克强六十多年生命和智慧的结晶，是诗人心灵与情感的共鸣，思想与灵魂的熔铸，蕴含着诗人独特的生命体验和高扬的生命意识，是谢克强一生独抒性灵不拘格套的精神自传，非常值得我和后辈诗人们学习。

2011 年 12 月 30 日

情感饱满而真挚

——作家编辑家刘益善印象

刘益善与饶庆年一样，是湖北新时期乡土诗的重要代表诗人。在 20 世纪 80 年代，刘益善和饶庆年的乡土诗以各自的特色在中国诗坛上独树一帜，各领风骚。我感到特别荣幸的是，这两位诗人都是我的老师，都是我诗歌和人生的引路人。他们的诗歌都曾经在很长的一段时间内影响过我的写作，在某些程度上也影响了湖北乡土诗歌的创作和发展。虽然刘益善老师一直把我当作他的小兄弟，但在我心目中，他始终是我的老师。老师永远都是老师。

刘益善在 20 世纪 70 年代初就开始写诗，他的代表作《我忆念的山村》（组诗）荣获《诗刊》1981—1982 年优秀作品奖后，便奠定了他在诗坛的地位。著名诗评家张同吾评价《我忆念的山村》是"刻画中国农民性格特征的力作"。诗中的《房东》生动地描述了一位勤劳、善良、淳厚的山村农民："山岩般的脸 / 山岩般的手脚"，他"陡地站起来，走了 / 深夜，羊栏里几声惨叫 / 枣树放倒刨根 / 天明，只见他脸上 / 留有几道泪痕／枣树能结两月粮／羊身上长着孩子的衣衫／对他来说，这太重要了／他的日子太多了艰辛"。还有"大妮子"，都是一代中国农民的苦难缩影。诗人为我们送来的是泥土的原味和淳朴厚重的乡土精神，语言质朴，情感真挚，让读者产生持久的心灵震撼。这组诗后来还收入了《中国新文学大系·诗歌卷》，影响了几代人。刘益善的许多抒情短诗也很有特点，很有韵味，《我们在草地上数星星》收入了中学语文教材。他在诗中写道："我说萤火虫／是月亮下的蛋／她说萤火虫／是星星流的汗。"刘益善的很多诗歌都写得机智而富于哲理，更有些诗歌朴素自然，内涵丰富，思想深刻，满含着对故土家园和劳动人民的满腔热爱，情感饱满热烈而真挚。

其实，刘益善是一个写作的多面手，在很大程度上，他后来创作的小说、报告文学、散文随笔等，并不逊色于他的诗歌，然而，却被他过早的诗名遮蔽住了。他的小说、报告文学、散文随笔，都像他的诗一样，富有诗性色彩，直抵事物和生命的本质，将生命中的秘密、生活中的秘密和灵魂中的秘密一一呈现，使人获得一种精神的力量，并有所领悟。特别是他的中篇小说《回家过年》《向阳湖》《河东河西》《远湖》《逝水》等发表后，分别被《中华文学选刊》《小说选刊》《小说月报》《中篇小说选刊》等多家选刊转载。刘益善曾经在《十月》这样有影响的杂志上，一连发表三部中篇小说，可见《十月》杂志的编辑对他小说的看重和喜爱。他告诉我这些小说有很多都是他十几年前创作的，但我现在读来，一点儿也不觉得过时，而且历久弥新。他的小说就像春天的树上长出来的一片片新鲜的叶子，颜色、脉络、光泽、气味，都是真实的，伸手便可触摸。

以上这些创作成果，都是刘益善在工作之余挤出时间熬油点灯一个字一个字写出来的。刘益善是《长江文艺》的一名编辑，在这个岗位上，他一干就是四十年。自他1997年担任《长江文艺》的社长、主编以来，在责任和压力之下，他不得不暂时牺牲或放缓自己热爱的文学创作，自然少写了许多作品。然而，他获得了另一样别人不可想象的收获。多年来，经他编辑发表在《长江文艺》上的优秀作品不计其数。在他的发现和培养下，一代一代的作家成长起来，有很多已经成为当今文坛的核心或文学的中坚力量。

一转眼，刘益善就到了退休年龄。他说他退休后，静下心来好好写点儿心里想写的东西。我相信他经过多年的沉淀和孕育，一定会有一个火山般的爆发时期。他创作的文学作品，一定会更加厚重，更加内涵丰富，更加有艺术魅力，更加让人喜爱。

2012年1月12日

读书写作是心灵的修炼

——程良胜印象记

　　我与程良胜相交多年，他是那种可以交心的朋友，是真正可以信任的朋友。我认识程良胜大概是在1997年，当时他刚上任大冶市委常委宣传部部长不久。第一次见面，他就给我留下了深刻的印象，看上去是一个白面书生，但处事非常干练、认真、果断，对朋友真诚，我们这一交往就是十五年。三年前他由黄石市黄石港区委书记，参加公开选拔，考到湖北省作家协会任党组成员、副主席，这样我们就变成了同事。对他来作家协会工作很多人不能理解，觉得不可思议，认为他适应不了到作家协会坐冷板凳。但三年下来，他不但适应了，而且内心非常平静，不声不响地为文学做着他自己想做的事、该做的事，而且每一件事都做得非常出色。

　　从认识程良胜那一刻起，我就没有把他当行政官员对待。因为我知道他一直热爱文学，热爱读书、写作，他骨子里始终是个文人，我一直把他当作文学朋友。程良胜说人活着是活一种心态、一种精神，读书写作是心灵的修炼。他对读书写作有自己独特的见解，他说读书要有选择，要有自己独特的眼光。他认为，一本书如果能给你提供某种信息、增加知识、启迪智慧、使人愉悦，就值得去读。我看到他的办公室和案头摆了不少书，这些书，他在空余时间一本一本地阅读着，也细心地做着笔记，他说好记忆不如烂笔头，不然过后就忘了，记下来，将来有时间了，还可以写点儿读书心得什么的，不是很好吗？

虽说他现在的角色身份转变很大，过去他的主要工作是招商、维稳、改制、拆迁、民生等，每天两眼一睁，忙到熄灯。现在主要的工作是联络、协调、服务，他照样干得有声有色。他说不管干什么工作，它们职能的性质是一样的，那就是服务。过去是服务经济发展，现在则是为作家服务，为文学服务。

程良胜的业余写作其实很有些年头了，他在黄石工作之时，我就经常看见他用笔名在报刊上发表散文、随笔等文章。在十多年前，他还出版过一本散文集《亮哥本色》，在文学朋友中有较好的反响。程良胜的散文、随笔，有反映现实生活的，有抒写亲情友情的，有咏史抒怀的，有描写自然山水的，有表达个人内心情感的，也有记录自己的读书心得的，等等。程良胜的散文随笔，以细微、准确而富有潜在之情的语言，在对日常经验的叙述中，将其生命的体验、灵动的悟性、文化修养和对生活、对人生、对社会的深度思考融入其中。他深厚的古典文化素养、从容雅致的笔法，使他的散文随笔作品清新质朴，睿智厚重，温暖感人，给人留下了深刻的印象。

在写散文随笔的同时，程良胜偶尔还写一些文学评论，出版了文艺学博士论文《〈金瓶梅〉封建官场文化解读》。该书一出版，就赢得了文学界很高的评价。

　　程良胜在热爱文学的同时，在书法艺术方面也有很高的造诣。他认为文学和艺术都是相通的，是潜移默化、润物无声的过程。写不出东西也不能太急躁、太粗俗、太功利、太勉强。他从 1997 年开始练习书法，最早是临摹弘一法师李叔同的书帖，后又对文人意蕴的字十分痴迷。近年来，他的书艺又有长足的进步，书法作品先后入展中国书法家协会主办的首届张芝奖全国书法大展、全国第二届册页书法展等，从而由一个书法的"票友"成为当今具有极高水准、具有自己独特风格的书法家。我作为程良胜的老乡、朋友和同事，为他不断取得的成就而高兴、而欣喜，也祝福他的文学和艺术之路越走越好。

2012 年 11 月 18 日

写诗编诗的沉河

——诗人沉河印象

　　了解沉河的人，一定会相信，如果给我们这个年龄阶段的诗人，来评选一个在诗歌界的好人和最有人气、最有人情味的人，无疑，沉河一定是得票最多的人。当我刚刚写下这几行文字的时候，沉河打电话来了："田兄，最近好吧！"其实沉河打电话，也不一定有什么事，或者只是一个问候，就是这声亲切的问候，却能让你感到一种从头到脚、从内到外的温暖。很有可能，沉河打电话时就在我楼下。因为我家楼下是水果湖高级中学，他每天准时在 20：40 来学校接他妻子和儿子回家。他妻子是水果湖高级中学的语文老师，儿子是水果湖高级中学的学生。再忙，他也没耽误过。我经常在朋友面前说，沉河是一个好父亲，也是一个好丈夫。

　　沉河在文学界极有人缘，特别是在诗歌界，沉河用他的朴实、善良、真诚和诸多美德，广泛结交了诗坛上的朋友，很多朋友与他已成为忘年之交、莫逆之交。

　　沉河原是武汉市第四十三中学的一名高中语文老师，由于他热爱写作，并取得了较高的创作成就，2001 年调入长江文艺出版社从事编辑工作。沉河调到长江文艺出版社工作以后，他集中精力致力于中国当代诗歌的出版整理工作，到目前为止，已出版中国当代优秀诗人的诗集近百种，其中策划的"中国 21 世纪诗丛"主要出版中国当下实力诗人的诗集，已出版十三种。2009 年编选的《21 世纪初中国实力诗人诗选》，2010 年编选的《本草集》（百名诗人写自然），还有近年与天问文化传播公司合作出版的《读诗》《译诗》《评诗》等，都在诗坛产生了广泛的影响。还有他策划和编辑的一些图书获得了全国性大奖，如《大江东去》获得了中宣部"五个一工程"奖，雷平阳的诗集《云南记》获得了第五届鲁迅文学奖，等等。最近，沉河又成立了"长江诗歌出版中心"，他想为诗歌和诗人们做更多和更有意义的事。

经过沉河多年的精心打造，长江文艺出版社编辑出版的诗歌已经成为全国名副其实的品牌。诗人们感到，能认识沉河和能跟沉河打交道是一种荣幸，能够在长江文艺出版社出版一本个人诗集，或入选沉河责编的由中国作家协会创研部编辑的年度选本《中国诗歌精选》，更是一种荣幸和荣耀。

沉河是一位优秀的编辑，也是一位优秀的散文家和诗人。他创作的散文集《在细草间》，以独特的眼光、独特的视角去观察、体悟人生，有一种浓厚的生活气息和朴素美，赢得了广大读者和校园师生们的喜爱，散文《生命》被选入了中学语文教材和《教师人文读本》。沉河的诗歌创作，在不断地进行诗艺探索的同时，坚持着纯诗风格的写作。沉河的诗，以平常说平常，用小事说小事，自然之景，白描之笔，却能让人平中见奇，小中见大，笔触之处，始终有吸引读者眼球、感染读者魂魄的力量。诗人伊沙在评价沉河的诗歌《自由》时说："《自由》是个大题目，大到极难将其做好，但此诗却完全出人意料，往最小里做去，小到妻子的一句话，小到一对夫妻的枕边之语——如此之小，胜过你所能够想到的任何一种大。"沉河诗歌中的这种大，同时又上升到他编辑诗歌的大情怀、大智慧、大胸襟、大眼界之中，所以，才使他编诗和写诗融合得那样完美。

2012 年 5 月 30 日

冇 得 话 说
——诗人王新民印象

　　只要提起湖北文学界的王新民，谁都要点头或竖着大拇指说，那是个好人。一个大大的好人！用一句地道的武汉方言说就是：冇得话说！他对待朋友真诚、诚恳，不耍滑，不虚伪，在文学圈子里有口皆碑。他见人一脸笑，是朋友的那种真诚的笑，发自内心的笑，让人看着就舒服。他帮助朋友或为朋友办事，有求必应，而且从来不打折扣，尽其所能，倾其最大的热情最大的力量去做，争取做到最好。他仗义疏财，帮助朋友从来不图回报，不计较个人得失，不算朋友账，有唐朝诗人的那种哥们儿义气，也有江湖朋友的义气。他谦虚低调，心胸坦荡，宽容大度，从不嫉妒别人，不算计别人，不在人背后说长道短。所以，王新民在朋友中留下了"冇得话说"的好名声。他也是我多年敬重的一位老哥。我与他一路出过国，一同参加过很多文学活动。老哥话不多，但烟瘾很大，听他说一天要抽三四包。他在公共场合或坐车时，怕影响别人，便硬憋着。下车了，别人去撒尿，他宁可先憋尿，也要先去抽一根烟过把烟瘾再说。

湖北 20 世纪 80 年代的诗歌是以乡土诗叫响诗坛的，无疑，王新民是湖北 80 年代诗坛重要的代表诗人之一，《美丽的阵痛》和《颤抖的灵肉》两本诗集，应该是他乡土诗创作的重要收获。王新民的诗歌独树一帜，以"宣叙长调"的特点见长，诗歌语言如万里长江波澜壮阔、奔腾浩荡、一泻千里。《长江呵，我来了》《长江魂魄》《奔向长江》《长江，让我深情地抚摸你》《养蜂女》《丘陵地带》《山民与丘陵》《山民的葬礼》等诗歌作品，都写得气势磅礴，热烈奔放，豪情万丈，撼人心魄，荡气回肠，有一种强烈的撞击心灵的力量。

王新民在写诗的同时，也写诗歌评论文章。他说："一只手写诗，一只手写诗评，才能称得上真正意义上的诗人，才有可能成为大诗人。"他提倡诗歌要有"风骨"和"灵魂"的理论观点，得到了众多诗人和诗评家的高度关注和认同。他说："诗是心灵时空对现实时空的审美把握和创构，它提供给读者的是一个现实、历史、情感意识复合而成的动态结构。"要求诗人写诗既要从宏观上着眼，又要于细微处动情。王新民的诗歌评论有着特别强烈的导向性和针对性，他不仅涉及诗的社会价值取向，而且也涉及诗的语言审美趣味、诗的思想真谛和艺术特色，有深度，有力度，有高度，体现了他作为诗人的深厚的内在修养。

王新民以前在基层工作，最近几年，调武汉市文联担任市作家协会驻会副主席，与主席董宏猷成为珠联璧合的黄金搭档，为文学做了许许多多有意义而又实在的事情。这几年湖北几个有影响的诗歌朗诵会和诗歌活动几乎都是他们筹划举办的，给诗坛注入了新的活力，激发了诗人们高度的创作热情。为加强青年作家的培养，他们连续多年组织和策划了"武汉长篇小说笔会"，既培养了作家，又推出了作品。去年，王新民听说湖北省作家协会文学院10月份要在江夏的梁子湖开办"湖北省首届青年作家高级研修班"，会上有全国十多位著名作家授课，他异常高兴，故把"2011年武汉长篇小说创作笔会"搬到了梁子湖举办，让参加长篇小说笔会的青年作家参加了旁听。他说："诗歌是文学皇冠上的明珠，就是要让写小说的作家们多了解诗歌，学习诗歌，将来在创作时语言会更精彩，更有诗意。"后来与王新民聊天时我说，你的这届长篇小说创作笔会是最节俭，但又是收获最大的一届笔会，不仅为单位节约了一大笔经费，而且收获甚大，可谓一举两得。他只是微微一笑。这就是他的性格，也是他的办事风格，把作家的事办好了，他就高兴。这里我又要说，王新民做人"冇得话说"，办事一样"冇得话说"。

2012年3月15日

柳宗宣诗歌的"分界线"

——诗人柳宗宣印象

　　我与柳宗宣第一次见面是在湖北日报社附近的一间小平房里。那时我在湖北省青年诗歌学会打杂，他和几位诗友去青岛参加一个诗歌笔会，正好路过武汉，就一起到了诗歌学会。虽然是初次见面，但因为诗歌，我们谈得很兴奋。之后我和他回忆这次相见，他提到就是那一年他开始诗歌写作的。那一年他二十七岁，结了婚并有了可爱的女儿，在潜江的一所职业学校教书，是诗歌让他又收获了更多快乐，也是诗歌创作改变了他人生的走向。为了心存的一份文学理想，几年后，他从潜江写到了北京，在北京工作十年，为了解决漂泊生活的不安定给写作带来的影响，以及缓解他与日俱增的思乡情结，他于三年前又回到湖北，在武汉的一所大学安顿了下来。安定下来以后，他说他现在可以真正静下心来写作了。的确，回到武汉之后的柳宗宣的诗歌创作比起以往有了不少变化，写作更注重经验的提炼，诗歌更有了"根性"和地域文化审美的特性。

　　回想起来，这些年是诗歌让我与柳宗宣结缘并一直保持着亲密的联系。他待人诚恳、温和，是真正可以信赖的朋友。这一点，从我们这些年的交往中可以确证。

柳宗宣是我非常喜欢的一位优秀诗人，他创作了许多让人称道的诗歌作品。我注意到他的诗歌中有两条明显的"分界线"。从潜江到北京，这是一条"分界线"，从北京回到湖北武汉，又是另一条"分界线"。柳宗宣有一首诗就叫《分界线》："长途大巴从雨水涟涟中 / 忽然驶入，明晃晃的阳光里 // 那是1999年2月9日8点 / 我从南方潮湿夜雨中脱离出来 // 进入安阳地界，干爽的空气 / 阳光普照；天空一溜烟地蓝下去 // 华北平原灰茫，苍茫而苍凉"。

诗人伊沙曾在他主编的《新世纪诗典》中这样评价此诗："诗中写到的'分界线'，我也曾在行进的汽车中体验过，四年大学近十次进出北京让我对华北平原多有体验。这是一种让人在风景中豁然开朗的诗，罗伯特·勃莱、特朗斯特罗姆等深度意象派大师多有佳作，本诗与之相比毫不逊色。"伊沙的简短评说是"有动于衷"的。确实这条意味丰富的"分界线"，无论从他生活的外部与作品内部都呈现出来了，也可以说，他外部生活的变迁与他词语的变迁共同促进完成了他近些年作品的形态。

柳宗宣的诗歌创作与他的人生经历密不可分，他走南闯北去过不少地方，在故乡向往着出走，在他乡则想念着故土，辗转多年后又从北方返回南方，柳宗宣的《还乡》《棉花的香气》等诗作似乎就在处理这种内心的纠缠。在我和柳宗宣的聊天中发现他对 90 年代诗歌充满了感情，他的写作参与了那个年代的诗学实验或语言的转型与更新。柳宗宣自己认为，在北京的那些年改变了他打量世界和审视生活的眼光，他对写作怀有了朴素的愿景，去除了附在写作上面的非分之想，让个人的写作越来越内在，越来越真实。

可以说，柳宗宣的生活和写作自然在北方与南方这两个向度之间展开，北方十年的经历形成他涵容南北开阔的视域，《地图册页》一诗写下他十余年积累的词语片段，呈现的是身体的游走："起伏动荡的莽莽高原 / 上面是安静的蓝天 / 曲折的道路。不安或忧伤将我逼向这个制高点。"《48 岁的自画像》表现的则是从北方返回南方后的一种心绪："我喜欢江城 / 故乡的省城，让我能快速回到 / 早年生活的环境：江河湖汊 / 农田庭院，和泥土的道路。"包括他的《藤椅》《桂花的通感》《茶吧闲聊》《装修记》等诗歌，柳宗宣已经从 80 年代延续过来的诗歌抒情方式转向到了对个人经验的叙事与书写。他的很多诗歌几乎通篇都是以白描或以一种直接而克制的叙事和接二连三的细节呈现，打开了诗歌的多重空间。柳宗宣诗的叙事将诗构成特殊的意象、细节，抓住、放大或伸展，使之具有诗的张力和包容力。他用自己日渐成熟的语言经验使他的写作潜伏着种种可能性，这使我更有理由期待柳宗宣的诗歌创作呈现出一个个崭新的"分界线"。

2012 年 5 月 27 日

来自清江的风

——诗人杨秀武印象

第一次见杨秀武，记不得是在哪一个场合了，但那次肯定不是在恩施。杨秀武操一口浓郁的恩施红土乡音与我说话，虽然听得似懂非懂，但他语音中蕴有的那种特别的磁性和韵味，还是深深把我吸引住了。那次杨秀武给我留下的印象是，似乎不太与人说话，五十多岁的男人还像个少女一样，见人总有些忸怩和羞羞答答。那一天都没见他说几句话，他喜欢一个人蹲在比较偏僻一点儿的地方吧嗒吧嗒地抽烟，这让我感觉他是一个非常憨厚老实而又不太善言辞的人。

其实，是我错看杨秀武了。再一次见杨秀武，是我去恩施鹤峰参加一个他张罗的笔会。那几天的杨秀武有说有笑，只要话匣子打开，就滔滔不绝，说个没完。杨秀武说话特别喜欢动感情，手上有动作，脸上有表情，眼睛一眨一眨，嘴巴一张一合，有时还扭着腰、摇着屁股，幽默风趣，像极了女儿会上那个唱歌的歌王，神态十足。每当气氛沉闷的时候，杨秀武还不时给大家来几个段子，素段子荤段子他有的是，张嘴就来，把大家逗乐了，他就停下来，你再怎么劝他继续讲下去，他都不讲了，像说书人一样留个悬念，吊着大家的胃口。

有朋友告诉我，杨秀武心态好，为人处世低调，遇事坦然，对朋友真诚，办事干练，最能让朋友信任和放心。我们湖北省作家协会文学院今年六月份在恩施举办的"湖北作家看恩施"活动，就完全证实了这一点。这次活动其实就是杨秀武一手操办的，他把活动安排得非常周密、细致，有条不紊，把每一个极为细小的细节都考虑得非常细心，比如，怕天下雨，他提前给每个人准备了一把雨伞。一件小事可以看出一个人的行事作风和态度。大家认为，这次活动是文学院近几年来办得最好的一次。

杨秀武坚持诗歌创作已经三十多年了。他和同样从鹤峰走出来的作家李传锋，虽然一个是土家族人，一个是苗族人，但他们都是清江养育的优秀儿子。清江养育了杨秀武诗歌的灵性和他作为诗人的淳朴善良的秉性。他从教书到从政，从红土乡的一个农民到鹤峰县的一名局长，到恩施市作家协会副主席，不断改变不断转换的是他的个人身份，永远不变的是他诗人的本质、品性和他多年对诗歌的那份热爱、那份理想、那份追求。由于杨秀武的执着和不懈努力，他最终取得了成功，收获了许多诗歌的荣誉，2008年，他获得了第九届全国少数民族文学创作骏马奖，这是湖北省到目前为止，第一位获得国家级文学大奖的少数民族诗人。

通过阅读杨秀武的《清江寻梦》《巴国俪歌》《亲吻清江》

等诗集，我感觉杨秀武的诗歌就是一股来自清江的风，散发着巴国土地的山野芬芳和泥土气息。他的诗歌从外在的观察到内心的感受，从生命的开掘到人生的体味，都有他沉潜于生活的发现和思考。其中有很多短诗语言鲜活而空灵，蕴含着土家族和苗族深层的文化意蕴和时代感，粗犷、雄浑、深邃、热烈，保持了他一贯的诗歌质感与抒情性。如："河流与他们的生命之旅／在坚硬的石头和险滩里／雷的声音呼之欲出／回音在长长弯弯的裂缝里／是穿江号子的雄浑呐喊""列列巴人举起巴国的旗帜／是廪君血液的升腾与奔放／一堆堆篝火在燃烧啊／一声声牛角号在狂喊……"读着这样具有语言纯度与高度的诗句，非经历丰厚的生命不能抵达。

2012 年 6 月 3 日

"我有我的我行我素"

——黄明山印象

写黄明山很难，因为我们太熟悉了。黄明山最初给我的印象，他就是一个沉默寡言的人。他平常话语不多，不太与人交流，我们经常开会见面，他与我握手一笑之后，就坐进一个不起眼的角落里，专心致志地开会、做笔记。从这一点，我也可以看出黄明山是一个有心人，是一个办事极其认真一丝不苟的人。我多次参加过黄明山组织的诗歌活动，当一些诗人在一起喝酒品茶谈笑风生时，他总是在后面默默地工作着，有时拿着一个笔记本在旁边写着什么，也许他在记录别人的谈话，也许是在思考一些活动的细节，也许是在创作，我有时远远地看着他，一点儿也不忍心上前打扰他。

终于，黄明山对文学的付出和对文学所做的贡献，得到了方方面面的认可。2011 年初，黄明山为潜江捧回了全省唯一的湖北省"一县一品"文化品牌"创建特别奖"。《中国艺术报》在洋洋三万字的报告文学《大手笔再写荆楚文化版图》中以超过 10% 的篇幅介绍黄明山和他所从事的工作。

黄明山在创作上，总是给人们一个又一个的侧面与惊奇，弄得不好你就会停留在某一处而失之偏颇。不放开说，单说在文学领域，黄明山就不愧为稀有难得的"多面手"，几乎所有的文学体裁他都能写，诗歌、散文、歌词、报告文学、小说、戏剧、旧体诗词、楹联等，他信手拈来，写得游刃有余，真让人有点儿捉摸不透。

这些年，他经常在《当代》《人民文学》《中国作家》《散文》《中华散文》《诗刊》《词刊》《文艺报》《人民日报》《诗选刊》《散文选刊》《新华文摘》等报刊上发表作品。诗歌《蛙声里的蓝天》、散文《听疯人拉二胡》、小说《爱情歧路》分获中国人口文化奖、人民文学优秀作品奖和《小说选刊》全国小说笔会一等奖。歌曲《大西部》由好莱坞影星演唱并收入《欧美百名歌手好歌精选》。作品收入《中国诗歌精选》《中国散文大系》《名家名篇·精短散文》《99篇震撼心灵美文》《中国当代杂文精品文库》《中国年度最佳歌词》《中外哲理名言》等多种选本。我和黄明山相识快三十年了，他的那"几把刷子"我是深信不疑的。

的确，黄明山时常会闹出一些"意想不到"。他的诗歌处女作发表在《当代》，诗集《立交桥》作为湖北省文联优秀文艺人才重点扶持作品出版发行。散文《寒冷的味道》《鸟语》全文选入中考试卷并在教学书籍中被高频率地使用，《文艺报》几乎用一整版的篇幅发表他的短篇小说。还有，因为曾经是北京人文函授大学（今北京人文大学）的学员，如今该校在招生宣传中说黄明山是他们培养出来的已经在全国具有重要影响的文艺人才。

2007年，黄明山倡导并策划组织了"中国诗人曹禺故里行暨湖北潜江端午诗会"文学采风活动。《人民文学》主编韩作荣提到了黄明山和他的诗作《小孩与桌子》，我当时还脱口背了出来。韩作荣说，潜江作为一个县级市，诗人如此密集，创作质量如此均衡，这在全国都比较罕见，是中国诗歌界的"潜江现象"。自然，黄明山的影响力成为人们不可忽略的话题。不仅仅是新诗。散文家王剑冰评黄明山的散文"真就写出了生活的味道"，诗评家张同吾说黄明山的旧体诗词"别有意趣，耐人寻味"，文艺评论家刘川鄂称黄明山"是一个有成就的歌词作家"……

"诗是冶炼痛苦的过程"，这不仅是他对创作的一种表白，更是他对生活的一种态度。熟悉他人生经历的人才知道，他先后在乡村小学、群艺馆工作过，生活留给他的更多的是孤独、寂寞与磨难，他的许多作品就是在这样的环境下"冶炼"而成。他的诗更专注于表达人生命的内在经验，又从自己经久而深刻的经验中选择、浓缩和组织那些更具表现力与概括性的内容，召唤读者加入并进行再创造，其深蕴的暗示、象征内涵更强劲地统摄着人们的心智。

然而，黄明山对创作的追求和作品的锤炼，始终没有松懈过。他的手机铃声是他的歌曲作品，这使得他始终处于一种"临战状态"，用他自己的话说，是创作上的"背水一战"。

"先做人，后做文""人品比文品更重要"，黄明山性格里的执拗与狷介，有时是咄咄逼人的。低调、沉静，同时又不失真诚、敏锐，这是黄明山留给我的印象。

　　黄明山还有一句话，"我有我的我行我素"。看看他那数以千计的文学作品，我被他那依然坚守的执着所折服。

2012 年 7 月 11 日

在书香中获得平静

——邓斌印象记

鄂西南土家人聚居的崇山峻岭中，有一脉纤细袅娜、蜿蜒盘旋的清江。邓斌说，他就是那一脉清江最忠实的儿子。他在那里生活了数十年，行走了数十年，写作了数十年。数十年来，邓斌用自己手中那支富有灵性的笔，在那条"巴人河"中打捞土家族的流远岁月和历史记忆，打捞这个少数民族的兴衰、荣辱、信仰和自由。我听他说，他经常一个人坐在清江边，面对滚滚流逝的清江水，反复沉思一个山野民族的过去与未来。他试图抓住古代巴人与当代土家数千年不断递传的那种叫作"灵魂"的东西，借以展望民族的发展前景与人类的终极走向。邓斌那浸润着汗水、泪水与血水的数百万文字，无不耸峙着大山的粗朴与嶙峋，浪漫着清江的倒影与波光。

我与邓斌接触和认识，是从他被聘为湖北省作家协会文学院第七届签约作家开始的。邓斌话不多，每次签约作家开会采风，他几乎是独来独往，戴着一副近视镜，脖子上挂着一个笨重的大型照相机，观察生活非常细致，哪怕看到一朵小花或一株小草，他都要从各个不同的角度"咔嚓、咔嚓、咔嚓"拍个没完，从中可以看出邓斌对生活的细心和耐心。

邓斌说，他这一辈子总是与书有缘。读书、教书、编书、写书、评书……从两三岁在农民父亲的引导下读《百家姓》《千字文》开始，他就慢慢养成了嗜书如命的习惯。即使在"文革"中失学回乡，躬耕陇亩，他仍然坚持天天背诵古典诗词和写日记。二十一岁那年，邓斌开始走上讲台，从教三十九年，给学生"传道、授业、解惑"，几乎把自己毕生的精力都奉献给了教书育人。

对于邓斌来说，文学创作纯粹出于自己的个人业余爱好，他从 1977 年开始在报刊上发表文学作品，他写小说，写散文，写杂文，写报告文学，写文学评论，写影视脚本。他的文学作品紧紧围绕鄂西南这片古朴而神秘的土地，努力挖掘土家文化的深厚内涵，描写土家民族的民风、民情、民俗，深刻表现了他高度的文学智慧和生命感悟，将土家族文化提升到了一个灵魂的新境界、新高度。

邓斌的创作颇丰，他先后出版了中短篇小说集《雨巷》《家事马拉松》，出版了散文集《凉月》《爱与忧患》《巴人河》《邓斌散文选》，还出版了报告文学集《世纪丰碑》等。特别值得称道的是邓斌的文学评论，他的文学评论打造了自己一个独立的精神世界，体现了他一种内在的深厚的精神修养，在读者中产生了广泛的影响。他与向国平合作的长达三十万字的文学评论集《远去的诗魂》，获得了第八届全国少数民族文学创作骏马奖和湖北省文化精品生产突出贡献奖。还有,《世纪丰碑》获第六届中国人口文化奖,《巴人河》获湖北省少数民族文学奖。

在年届花甲之年,邓斌又排除干扰,先后创作了十六集电视纪录片《远去的诗魂》和大型电视音乐片《盐水恋歌》,且有二十集电视纪录片《清江万古流》即将完成。在这些影视脚本中,邓斌试图渗透到土家族这个民族骨与血的内核和文化灵魂之中,旨在弘扬包容天地人神的爱心与正道,让人的生命情结在其篇什中焕发青春华彩。

文学这条路,邓斌还将继续绞尽脑汁、搜尽枯肠地走下去,写下去,他说,直至"在不绝如缕的书香中获得极大的心理平静,走向问心无愧的生命归宿"。因此,我有理由对这位老哥,有更多更高的期待。

2012 年 5 月 18 日

我的《兄弟分家》

俗话说，树大分杈，人大分家。在农村，以前几乎每家都有几个男孩儿。兄弟们长大了，成人了，成家了。兄弟妯娌们过在一起，时间长了，再和睦的家庭也难免为一些小事产生口角，发生纠纷，带来家庭矛盾，于是就开始闹分家。

我见证过很多人家的分家。这里我谈两例。

在我十六岁那年，我的一个亲戚，未出五服的舅爷爷，他家里有四个儿子、一个女儿，女儿是老大，十八岁那年就出嫁了。几年内，他们家一连娶了三个儿媳妇。舅爷爷欠下的一屁股债要靠他自己还不说，老大媳妇和老二媳妇还经常吵架闹矛盾，老三媳妇刚进门不久，翅膀没硬，所以要收敛些。其实儿媳妇吵架为的都是一些鸡毛蒜皮的小事。最后一次吵架，是因为老大媳妇结婚后生了一个女孩儿，老二媳妇生了一个男孩儿，两个孩子都差不多大。舅爷爷在过年给两个孩子买新衣服时，男孩儿衣服比女孩儿衣服多花了八角钱。当然，对于现在的人来说，八角钱的确算不了什么，但在那个时候还是值钱的，那时候的火柴只卖两分钱一包，食盐也只卖一角五分钱一斤，八角钱可以买许多火柴和盐。镇上那个卖衣服的人，是他们一个村的，可能是村里的这个人告诉了老大媳妇（也许那个人是无意说出来的）。可老大媳妇硬是不依不饶，硬是说爷爷偏心，重男轻女，爱男孩儿不爱女孩儿，又哭又闹。

对舅爷爷来说，这真是天大的冤枉。他买衣服，只是看哪样衣服适合男孩子穿，哪样衣服适合女孩子穿，根本没有去想哪样衣服钱多，哪样衣服钱少，他千解释万解释，都没有用。两个媳妇闹着闹着还骂起娘来，差点儿要动手打架了。闹到最后，就是分家。舅爷爷把仅有的几间房子和农具分给了三个儿子，给小儿子留了一间，以备将来结婚用。他和舅奶奶则住进了旁边的披屋。

那天，我刚好与父亲去了他们家，正好看到了他们闹分家和分家的全过程。最后是两个孙子都不愿离开爷爷奶奶，一个扑在爷爷怀里，一个扑在奶奶怀里，哭个不停。那场面谁看了都揪心。多年后，我几次试着想为舅爷爷写一首诗，当时把诗歌的题目都拟好了，就叫"分家"，记得写了七八行，感觉不太满意，就放下了。

还有一次，就是 2007 年的清明节假期期间，我回老家扫墓祭祖。刚好碰见我的一个远房小叔叔家正在闹分家。他有两个儿子，都娶了媳妇，添了孙子。开始几年还过得好好的，别人都羡慕这少有的和睦家庭。近年来，却总有磕磕碰碰的事发生。最近一次，就是在我回去的前一天，他家里卖了一头猪，卖了两千多块钱。大儿媳妇找到公公，说她娘家的弟弟要结婚，想向他们家借三千块钱，她希望公公能把这个钱拿出来，她再想办法凑一点儿，借给她的娘家弟弟。远房小叔叔是个通情达理的人，人哪有没难处的时候，再说结婚是人生中最大的事，亲戚之间有困难就应该互相帮衬，于是把钱都给了大儿媳妇。晚上小儿媳妇也来找公公了（也许是她听到了嫂子借钱的风声），说她娘家要盖新房，想向他们家借钱。公公说，已经借给老大媳妇的娘家弟弟了，家里再没有钱了。小儿媳妇听了哭着闹着要去跳河，骂她这个公公太偏心，不把她当人，猪是家里的公共财产，却一个人独自做主借人，讨好大儿媳妇，这是何用心？她把什么难听的话都骂出来了。大儿媳妇听不入耳，就动手扇小儿媳妇。于是两人扭打到了一起，互相抓着头发，打得在地上滚来滚去。大儿子怕出人命，连夜到妻弟家把那三千块钱追了回来。

第二天就开始闹分家。我一进村，村里人就把他们家发生的事全告诉了我。

小叔叔看我回来了，说我是文化人，办事公道，让我做个中间人，帮他们把这个家分了。我不好推托，于是参与和见证了他们的兄弟分家。小叔叔说，我们老两口儿什么都不要，就要东侧面的两间瓦房，家里所有的房屋土地、农具家具、家畜家禽，兄弟俩一人一半。我还劝了小叔叔，要他自己留点儿，他硬是不要。

小叔叔什么也不留，于是我把他们家现有的财产先一一作登记，然后一人一半，很利索地就帮他们把家分了。

最让我感动和动情的是后面发生的事情，也就是我诗中最后写到的。家分完了，我的小婶子眼眶里含着眼泪，手里拿着一个红布包，从房间里慢慢地走出来，她走到一张桌子旁边，然后一层一层地把布包打开，好像里面包了四五层，弄了半天才完全打开，最后露出来的是两只白光闪闪的银镯子，她给媳妇们一人戴了一件。这时两个儿媳妇抱着婆婆，三个人在一起哭了起来，妯娌俩昨天的矛盾在这时也瞬间冰消雪融了。那时，站在旁边的两个孙子，硬是哭着不让分家，他们不愿离开爷爷和奶奶。

看到这一幕，我的眼眶当场就湿润了。以上两个分家的例子，都出现了同样的情况，都是家分完之后，两个孙子不愿离开爷爷和奶奶。这说明，家是可以分的，财产是可以分的，唯有亲情是不可分的，亲情是永远分不开的，这就是人性中的一种最美好的情愫。

回到武汉，我急匆匆地就坐进了书房，那时我胸中诗情涌动，想写诗。找上次写的《分家》初稿，找了半天，没找着，不想找了，我就开始提笔写。上次的题目是"分家"，这次我加了"兄弟"两个字。我写得很快，不到两个小时就写成了。我没有多作修饰，基本上是生活的再现，就生活写生活，写完后我反复阅读了几遍，觉得还算满意，便定稿了。我的《兄弟分家》就是这样写出来的。

兄弟分家

所谓分家。分家就是分食，分家就是分父母

把一口锅分成几口锅

把一个灶台分成几个灶台

猪羊各半，鸡鸭各半，那唯一的花猫

分不均匀，留给父母做伴

粮食论筐，土地论亩，房屋论间

麻袋论条，桌子论张，椅子论把

瓢盆碗盏按人头分配

筷子一人一双，勺子一人一把

米筛。簸箕。镐头。镰刀。锤子。竹笆

所有的各有一份

马桶、夜壶，不必分了，各拿各的

各人的孩子各自领回家

亲戚是共同的，朋友是各人的

父母的拐杖不分了，他们还靠它走路

父亲说，对不起你们，我没有钱财

他保留了病痛、咳嗽，和

东侧面的两间瓦房

母亲一边掉眼泪，一边将陪嫁时的几件银饰

一层一层打开，给媳妇们一人戴一件

两个孙子在一旁哭着只要爷爷和奶奶

2015 年 9 月 12 日

我写《两片亮瓦》

自从写诗以来，诗歌就是我的心语，诗歌从此为我的心灵说话，为我的内心倾诉。这首《两片亮瓦》，其实就是对我的家史、命运和苦难的倾诉。两片亮瓦就像打开的明亮的嘴巴，它不断地诉说着。

亮瓦是一种什么瓦呢？我先来介绍一下。亮瓦就是一种安置在房顶、为房屋增强光亮的玻璃瓦。这种瓦，20世纪七八十年代之前出生在农村的人可能见到过。过去农村建造的房屋都是低矮的平房，房顶盖着土窑子里烧的黑瓦，也叫青瓦或布瓦。屋内的光线一般很暗淡，如果周围的山多树多，加上门前又垛着草垛柴垛，即使是白天，屋内的光线也很黑暗。为了加强室内采光，人们往往买几片这种透光的玻璃瓦安置在房顶，屋内就会增加一些光亮。

诗中的父亲，就是写的我的父亲。我的父亲是一个极普通的老实巴交的农民，他身材矮小，身体瘦弱，勤劳憨厚，为了养活我的瞎子奶奶、精神病母亲和我们六个兄弟，他吃尽了苦头，受尽了折磨。"父亲"也因此成为我诗歌中不可缺少也不可替代的经常出现的意象，"苦难"在我的诗歌中，成为"父亲"永远的代名词。在诗中我写了这样的诗句："晴天阳光射进来／两片亮瓦，像穷人张开的笑口／十多年我没见父亲这么笑过"。这几句诗，其实把我全家和父亲的苦难全部都融入其中了。

解读这首诗，有必要简单介绍一下我的家世。

我的童年是极其不幸的。我的母亲是一个长期的精神病患者，奶奶开始只是一只眼睛失明，后来可能是因为经常流泪和被烟熏，另一只有点儿微弱亮光的眼睛不久也看不见了。在我们家中，我有兄弟六个，我排行老大，父亲养不活这么多孩子，便把最小的弟弟给人抱养了。即使是这样，家里还是非常贫困，在这种情况下，我没读完初中便辍学了。后来，三弟因无钱治病而死亡，不久，二弟患精神病失踪，四弟十二岁时溺水身亡。这接二连三的沉重的打击，我身材矮小、身体瘦弱的父亲差点儿被压垮了。

农村刚搞土地承包责任制那一年，父亲为了多种几亩田，能让一家人吃饱一点儿，他携着家人迁到了离家乡几十里外的黄金湖农场种地，我一个人留在老家的村农机站里做临时工。父亲离开家乡，到异地谋生。一家人离开祖宗所在之地，不是因为别的而是因为饥饿，但这种迁移求生却给我的诗歌带来了自由想象的空间，可能这就是我诗歌的源头。故乡一直在我诗歌的路上漂泊，让我一直背着故乡喊故乡，但我喊出的故乡已经不是以前的那个故乡了。

那年春节，父亲为了让家里有一点儿过年的气氛，冒着零下七八摄氏度的严寒，穿着薄薄的两件单衣，独自下湖捞鱼，结果活活冻死在湖中。乡亲们把他从湖中打捞起来，已经是第三天了。当我从武汉赶回去时，父亲已经躺在湖边一个过风漏雨的破草棚里，而我神志不清的母亲还睡在能踩出水来的潮湿的地面上，她身上盖着破棉絮，手、脚和脸上都沾满了漆黑的煤灰，我父亲死了她一点儿也不知道。我的不满七岁的五弟，扑在父亲身上哭得非常凄惨。当我看到父亲耳朵、眼睛和鼻孔里一块一块还没有洗掉的黄泥巴时，我悲痛欲绝，心撕裂地疼痛，当场就哭得晕了过去。

这就是我苦难的父亲一生最后的命运结局。我诗中写到的雨水，那就是我对父亲的哭泣。诗中写的"我没在意后来雨水流向了哪里／我只记得两片亮瓦在一场雨之后／冲洗得特别干净、明亮"，是指我的眼泪从眼睛里流出来，从我的心里流出来，突然把我的心洗明亮了，把我洗清醒了，让我明白了不能向命运低头，只有挺起胸、昂起头，向前走，才会有美好幸福的明天。做"贫穷人家唯一的亮点"，这就是我这时候用两片亮瓦给自己立下的志向，那时我发誓，我一定要让我的家庭光亮起来。我写的最后一句"母亲借着一片亮光缝补我的白衬衫"，大家一定会问，你母亲不是有精神病吗？她怎么还能缝补你的白衬衫呢？这里我写的母亲，会理解的人一定明白，是我想找回那份失去的母爱，暗指我在奔向未来的人生旅途中，

需要一个像正常母亲那样能真心关心我帮助我的人。这就是我
为什么要这样写《两片亮瓦》的缘由。

两片亮瓦

父亲给低矮的平房加进去两片亮瓦

漆黑的土平房顷刻就亮堂起来

昏暗的屋顶像开了天窗

这也是咱贫穷人家唯一的亮点

晴天阳光射进来

两片亮瓦，像穷人张开的笑口

十多年我没见父亲这么笑过

雨天，天空响过三声闷雷

雨水便开始在上面流淌

我没在意后来雨水流向了哪里

我只记得两片亮瓦在一场雨之后

冲洗得特别干净、明亮

母亲借着一片亮光缝补我的白衬衫

2015 年 10 月 2 日

悼念一首人生如梦的诗

　　写了太多的人生如梦，梦到底是什么呢？梦在今生和来世之间，与一个人的真实生活，到底是一个什么样的信息交换？有时候，我实在是很纠结这个人生如梦的问题，写出人生如梦这话很容易，真正地悟出自己是个梦的，还真有点儿难。

　　古时文化语境中，有关梦的说法很多，如含梦的成语，就有"黄粱美梦""白日做梦"。前者说的是一个唐朝典故：在一家卖黄米粥的小店，穷书生遇见了大仙吕洞宾，于是，便向他诉说了自己穷苦不得志，求官求名不成，很是痛苦。吕洞宾就送他一个枕头，说是晚上抱着它睡，就能医治好他的苦，过上荣华富贵的生活。书生信以为真，每天抱枕而眠，梦到自己娶上了一个美媳妇，还当上了大官。直到醒来时，黄米粥还没煮熟，还在冒着热热的香气，"黄粱美梦"就这样流传了千年。

　　而"白日做梦"又是另一种味道，没有了黄粱的香味，只是有了深深的嘲讽和斥骂。明代有个书生不好好读书，一味地去找星相大师看相，天天问自己能不能金榜题名，被人嘲笑说是"白日做梦"，根本就没有可能成真。一个人沉溺于梦幻的心理承受力是有限的，但是，梦的世界又是无限的，梦想的欲望又是坚强的，梦想成真的过程，亦是美妙和痛苦的。

人生如梦，在虚实之间，寻找自我的存在感。存在包含活着，活着有活着的感知，有本能的活着与理想的活着，在生死间暗流涌动。人性的巨大的黑洞里，在于满足身体本能的各种欲望。当梦变成了现实，那就不叫梦了。那或许是梦的另一种呈现，比如影像回放、文学意识流、意念能指，这些都和梦的分析阐述有关。

当梦成为我们生活的一部分，或者我们无法正常区分梦想与现实之间的边界，那么，一个人的真实性便值得怀疑了。这种质疑又是必然发生的。人不可能完全活在真实的世界中，即使灵魂完全呈现于我们的物象世界。人的特殊属性是人是所有灵长类中极为独特的存在，总是生活在虚实之间，而获得超越性的能量。这种能量认知，又使梦的真实的可能性变成我们思想的无限可能。

现在，通过三维和四维，甚至是六维的科学技术认知，看到我们现在所处的位置是原宇宙中最小的结构，丝毫没有高大上的物体存在感。但人的梦想却无处不在，无穷之大之小，我们的现象世界中，正是人们的梦四处游弋。这才是诗歌的意念，在生命的虚实之间的一种存在性的探求，我们是人，从哪里来，又到哪里去？

诗人的通道与梦的一首诗的存在，或许更是灵魂的飞升。

我时常活在虚无的大地的梦想里，远离了我的乡土，宛如异乡人。我虽在异乡，却独不为异客，他们或你们，才是我在诗中得以长生的家园。而我的梦更多地停留在一首诗里，在一座语词构筑的小屋，在一个诗人长久消失后的背影中。这是我所知道的，诗为梦、梦为诗的日子。

如果我们纠结于多个愿望中，打不开乡思与生活的苦难，看不出当下的悲欢离合、形形色色，那么，纵有《千里江山图》之梦境，我们亦可求之而不得。在乡下人的泥巴情结里，就是要等到有花季雨季之浇灌。

诗人节又到了，心中有梦，梦里有空虚，我恍惚独行，时有梦见一位诗友兄弟，在一首长长的无名之诗里。非在梦里，而我在诗中，在我走过的乡土上。这位诗友兄弟，生前写好了自己的墓志铭。人有谋，天有道，人在做，天在看。

人尚未死，就写好自己的墓志铭，这事大概只有诗人才做得出，想得出。而诗人之死，何以修墓立书道之行？更早有预设，留下诗句梦呓之喟叹。为了自己的生死，洞见了生命玄机，无告于当下之人。

这是一个不倦的歌者。

他在世的时候，手提心脏，歌唱了一辈子。

如今，他睡着了。枕头底下

压着十卷诗歌。

在这些诗歌里，他不厌其烦地歌颂着石头，倔
强的石头
它那粗砺的棱角，抵御过一场大风。

在这些诗歌里，他总是不停地写到野草，
那些被牲畜践踏过的野草，那些被禽兽啃咬过
的野草
在雨中，昂起了头颅。

除此之外，他还不止一次地
写过野花，朴素的野花
艳丽的野花……
各式各样的野花
他将她们中最美的一朵
娶回家去，做新娘子。

剩下的篇幅里，他诅咒，以良知的名义
诅咒黑夜
诅咒黑夜一样的人和事物。

他得罪了不少人，
没有好名声。

这是已故诗人辛酉的诗，诗的题目叫《墓志铭》。正如诗中所言，诗人对于这个世界的深切迷恋的事物，怀有莫名的力量和悲伤，有内心所积蓄的野草和野花的力量。

　　辛酉并不向往人和黑夜的事物，他在诗中构筑自己的愤怒，愤怒出诗人。或许，这是他曾经有过的生命体验，他在诗中不能安分安宁，不能安放自己的灵魂。这是他的一个梦，而且是一个噩梦，一个深深的梦魇。

　　辛酉是位具有代表性的"80后"流浪诗人。我与他的相识，既是诗的缘分，亦是乡土的情结。在很多年前，谁又认识他呢？是因为通往乡土的路上有诗，是因为诗里面有着相同的乡土。他出版的第一本诗集是我写的序言，时在梦中，辛酉的来自故乡的一种神秘的声音，萦绕于我的诗性叙事。近来时有回味、回想和回望，关于人生如梦的人事浮尘梦境，是否在我的诗中还有一个挥之不去的名字，一个在乡土里深埋着的乡人？一块不曾荒凉的墓园？我曾经去过那里，在那里痛哭过，为一个年轻的诗人送葬，也是我亲手将他的梦境埋入了深深的泥土。那是他的故乡，是他以诗歌叙述了他的一生的梦。他的整个家族的梦也融合在了他的诗里，他走过的梦，如同梦的走过。

2021 年 11 月 30 日

去往北京的路

——送别韩作荣老师

　　我是 11 月 12 日早上得到韩作荣老师去世的噩耗的，正在我处于极度的悲痛之中时，下午大约一点钟的时候，现任中国诗歌学会名誉会长的张同吾老师给我发来一条短信：定于 11 月 14 日（星期四）上午 10 时在八宝山殡仪馆东礼堂举行韩作荣遗体告别仪式。我接着给同吾老师回了一条短信：很悲痛，我一定来送作荣老师最后一程！14 日当天时间可能很紧张，希望诗歌学会提前帮我买一个花圈，铁锹送到八宝山殡仪馆作荣老师的灵堂里。同吾老师回复：这个我来安排，你来就行了。

　　不一会儿，谢克强和车延高分别给我打来了电话，我想，他们也一定收到同吾老师发的短信了。谢克强和车延高都问我去不去北京，我毫不犹豫地回答说：我去，一定要去。谢克强说他有事，去不了，车延高要开常委会，也不能去。接着哨兵和沉河也打来了电话，他们都说要去北京送别作荣老师，我非常感动。我说我去买票，哨兵说，网上订票很方便，我帮你们买，一起买，一起行动。我不会在网上订票，哨兵既然答应了，我估计不会有问题。这一天，我再没有去关心买票的事，认为哨兵平时办事认真，不会出问题，对作荣老师的去世，我一直陷在极大的悲痛中，也没有心思去过问。

谁知第二天出发时却发生了意外，出现了惊险的一幕又一幕。

第二天中饭以后，哨兵打电话告诉我，到北京的票买的是13日20：16从三亚开往北京西的过路车，14日早上7点左右到北京。我说，怎么不买起点站的票，武汉直接开往北京的火车不是很多吗？他说，出现了一点儿意外，见面再告诉你。

13日晚上，哨兵是先到武昌车站的，我和沉河都遇到了堵车，沉河比我早到几分钟，我到车站已经快到七点半了，心里暗暗庆幸，还算没把我堵到20：16以后到车站。

我一到车站，哨兵和沉河在那里急得满头大汗，我问哨兵出什么事了。哨兵说，他一到车站，就听到广播通知，三亚开往北京的T020次列车因为受台风"海燕"的影响，暴雨把一段铁路冲毁了，列车不能通行，停开了。我急忙说，快改乘其他的车次呀。哨兵说，问了，今天所有去北京的列车，都没有票了。我说，买站票。他说，站票也卖完了。我急得直埋怨哨兵，说，你怎么不买武汉的始发车，要买一个过路车？哨兵说，都是他的错。我问他怎么回事。他说，我12日晚上给你和沉河打完电话就开始订票，可能是心急，把票订错了，订的是12日晚上的票。我急了说，你呀，不是13日晚上吗？他接着说，我到中午才看到订错了日期，连忙在网上改签，那时候武汉、武昌、汉口三个始发站的票都卖完了，只有T020这列过路车有票，于是就买了三张，谁知……

听完哨兵的解释，我就开始骂他了，他和沉河也急得不行，满头是汗，我急得跺脚，这可怎么办？哨兵虽然着急，似乎还没有慌乱，头脑还是清醒的，他打开了手提电脑，一边按电脑，一边说我查查看，看有没有14日飞往北京的飞机票。结果，飞机票也没有了。这时候，我简直要爆炸了，大哭了起来，心想，我去北京见韩作荣老师最后一面，送他最后一程，怎么这么难。我没有办法了，直朝哨兵发火，我几乎是哭着说，今天我们就是爬也要爬到北京去。当时我的脑子已经蒙了，什么主意也没有了。好像听到沉河说，我们能不能开车去？这个时候我只有听他们的了。他们俩商量了半天，最后的结论是不行。理由是，现在已经是晚上八点钟了，武汉到北京有一千二百多公里的路程，我们走夜路，加上路况又不熟悉，最重要的是北方这几天雾霾非常严重，车速提不起来，等我们赶到北京，可能已经是中午了，到那个时候，韩作荣老师的告别仪式早结束了，我们去了还有什么意义呢？

最后开车去北京的希望也没有了，我绝望得几乎要瘫在地上，沉河似乎也急糊涂了。尽管我嘴里还在埋怨哨兵，哨兵却还能稳住神，他一直不停地在手机上翻电话号码，想找到一个救星电话。没想到救星电话真的有了，哨兵说，我找到一个电话了，我有一个同学的朋友是武昌车站的负责人，我打个电话试一试，看他能不能帮忙。哨兵打过去，电话通了，对方说，可以将我们带上 Z18 次长沙开往北京西的列车，这趟车在第二天上午十点到达北京。哨兵只好把我们这次去北京的目的和时间的紧迫性告诉了对方。对方说，那我就没有办法了。哨兵说，你这里不是有 Z38 次的始发车吗？对方说，今天的 Z38 次列车不方便带人上去。哨兵就用哀求的语气对他说，麻烦你给站长打个电话，把我们三个人带上车就行了，只要能上车，找个角落，站一夜蹲一夜都行。

经过几番折腾，首先可能是我们的真诚真的感动了哨兵同学的朋友，然后他给站长说了很多好话，做了很多工作。不管怎样，他终于把我们带上了 Z38 次列车，虽然开始几个小时没有座位，但我们心里踏实了。过后我对沉河和第二天早上到车站来接我们的诗人邰筐说，哨兵真有两下子，看来天下没有他办不成的事。大家都笑了。

到了北京，见到了韩作荣老师的夫人郭阿姨，我搂着她，她一直泪流不止，非常伤心。我还见到了韩作荣老师生前的同事、朋友和学生，其中很多是我的老师和朋友。有很多人是像我一样，专门从外省赶来的，人太多了，有好几百人，名字我就不一一列了。这次见面，大家没有像往日见面那样其乐融融，谈笑风生。大家向作荣老师的遗体三鞠躬后，缓步围着灵柩转一圈，心情非常沉重，然后各自走开了。

我与沉河、哨兵这次到北京送别韩作荣老师，本是一夜火车的路程，却感觉路途特别遥远和漫长，可能是我们的心情急迫，像是半个世纪。我们虽然走得那么艰难，但那场可恶的"海燕"没有切断我们去往北京的路，没有切断我们对作荣老师的一片真情，这说明我们与作荣老师缘分未了，情永在。

2013 年 11 月 15 日

缘　分

在世俗者眼里，总以为诗人不食人间烟火，生活在云雾里，其实，这是一种很深的误解。真正的诗人，也时常为柴米油盐的小问题，闹得不可开交。

诗人是感情至上的人，有形而上的情感倾向，多半苛求精神至上，相比而言，生活在一种自我虚幻的不真实中。这也成了诗人作为世俗生活或传统习性的叛逆者，其情感的经验应当是在文学精神的范围之内。我们谈论一个诗人的家庭生活，自然离不开这些不同的情感经历，从中我们能分享到一种独特的人生，以提升我们对精神生活的深度理解，并创造艺术生命的价值。这也是我今天写这篇文章的初衷。

诗人夫妻是不是也讲珍惜缘分？诗人如何处理一般的夫妻感情？以前，武汉有一本《爱情婚姻家庭》杂志，发行量很高，不比《知音》差多少。20世纪80年代初，文学诗歌热盛行，诗人的地位还是很高的。所谓高，并不是现在所指的有钱有权有势，更多的是指文学才华和写作水平，当然，在哪个有名的文学期刊当编辑，也是相当重要的。

也有人戏称我是"中国的叶赛宁"，认为我的诗歌与他有得一比，自然纯净的语言，朴实无华的情感，田园牧歌的风韵。也有人评价我的诗写是徐志摩与叶赛宁情感和叙事的互相重合，表现了生命大地自然的乡愁别恋。人们这样评价我，是因为我得了个徐志摩诗歌奖。徐志摩是个浪漫主义诗人，生前的爱情传说颇多，其爱情诗歌在诗人群体中影响很大，以至于成了那个时代爱情诗典的代名词。但我的诗风及婚姻观与徐志摩相比，实在是不敢并驾的。我是现实的抒情叙事，并以叙事融化抒情真实，没有多少浪漫虚幻的东西。

正如我的婚姻一样，来得如此朴素，如此平凡，是现实生活的自然而然。如果硬要说是一种浪漫，那也是一种前世命定的姻缘。我特别珍惜这种说不清道不明的东西。"一生姻缘天注定"，这是真的，我信仰了这种观念。因此，无论是在什么情况下，我与夫人之间的这种信念，都没有动摇过。信仰是没有对错的。在这样的基础上，人性的情感才可能完全相处和包容，并持久和稳定。

一个人的选择是有限的，特别理性的选择反而会误导了正常的婚姻，相信天定的缘分，它赋予了双方结合的某种神圣性和神秘性。因此，双方才格外地努力信任和呵护这样的缘分。说起这个缘分，还真不是那么简单。如青梅竹马、两小无猜，或父母之命、媒妁之言，都是门当户对的一种约定俗成。在古代婚姻传统中，是神圣不可侵犯的。

男女之间的结合，常常伴随着不易和磨难，如果有前世之说、后世之论，有的人并不一定下辈子还是夫妻。世上那么多男人，单单就这个女人跟你结伴成双，生儿育女，直到老死。同样地，世上有那么多的女人，独独是这个男人，要同你骂骂咧咧过一辈子。许多人离了又合，合了又离，但唯独缘分是不能断的。即使是断了，那还有重新续起来的缘。婚姻是可以离，也可以合的，婚姻本身就是一种选择。但冥冥之中有一个缘分，那是不能选择的，是可遇而不可求的。

　　选择自己的婚姻，是一个人的正常理性行为，特别是现代人对婚姻要求很高，同时也有很大的随意性。因为现代社会自由度高起来了，选择的条件和机会也多了。但是，一个人的缘分不是随意选择的，如果有缘分是可以选择的，那么就不会有这么多的不幸的婚姻了。究其原因是，一个人一生的缘，时常是偶然性的遇见，特别在现代生活中，这种偶然性选择就更多了。当然，有些偶然性并不是成熟的选择，恰好是非理性的相遇。一个人所有的人生缘分，都是偶然性的选择或者相遇，那么，这些个偶然性是值得珍惜的，也不独只有夫妻之缘分。

　　不过，什么是缘分呢？这也是一个人认知和理解夫妻缘分的关键。佛说，缘是命的前因后果；哲学家讲，缘是事物发展的偶然和必然性联系；诗说，缘是两性相悦，花开见佛，明心见性；如此等等。这些说法充满了自然的伦理和道德律法所界定的意义，世间万物彼此都要遵循着这个核心意义。在无尽无际的时空中，这个核心意义就是爱，爱是事物之间相互生发的一种偶然性中的必然性。所以，从婚姻家庭之关系，我们讲缘分，就是在遵守这一核心的价值。我们因为爱而在一起，也因为爱的消失而分开。其实，夫妻之间讲守心，当守缘分，没有这缘了，再怎么努力，也是于事无补的。

一个稳定的社会结构，对于家庭的建立、子孙后代的繁衍和传承文明的发展进步，都是相当重要的。不仅仅是男女欲望和感性审美的需要。可见，珍惜夫妻间的缘分，上升到了社会文明存在的本体，就不只是两个人的因果关系了，还是整个人类生态整体的发展文明进程。良好的社会婚姻生态，能促进人的全面而持久的稳定、和谐与幸福。

当然，珍惜夫妻之间的缘分，也不只是人类社会持续均衡发展的动力和秩序，人是社会动物，社会结构的确定性或不确定性因素，都会影响到人类的生存质量。对于每个人来说，它具体到家庭生活的每一个细节，这是我们经常忽略的地方，甚至有时被一种宏大的爱情叙事所遮蔽了。当夫妻之间的这种缘分，不能直接应对日常生活和柴米油盐时，诸多的不和因素会溢出情感的范畴，演变为另一种非缘的关系。这个非缘关系，有时表现为"有缘无分"，有时则成了"有分无缘"。由此，两个人的生命状态就会发生位移了。

当我们不能就此做出正确一致的"心有灵犀一点通"的反应时，生活的矛与盾就会产生对立。当这种对立的冲突越来越多时，那种缘与分的离合就会多起来，直至最终的"随缘"和"惜缘"来临。然而，不论是随缘和惜缘，在现实生活中的夫妻关系与日常生活的持续性，多数会走向亲人的属性。我们在人生的最后时刻，就成了亲人和伙伴的角色，夫妻角色就渐渐被淡化。只有一种纯粹的亲情和亲人，随我们的衰老的身体，融合为人生的唯一。

2021 年 4 月 13 日

珍惜友情

20世纪80年代初，有一首电影歌曲叫《驼铃》，旋律沉郁悠长，音域宽广明亮，歌词亲切感人：

> 送战友，踏征程／默默无语两眼泪／耳边响起驼
> 铃声／路漫漫，雾蒙蒙／革命生涯常分手／一样分别
> 两样情／战友啊战友，亲爱的弟兄／当心夜半北风寒／
> 一路多保重……

相信很多人都会唱，只是近些年，人们对于友谊和爱情开始变得麻木和无所谓，人们交流的内容更看重的是个人物质利益的有无。谈起友情友谊，精神上的互相交往越来越少了。但是，人性对于真正的友善情感，还是金钱所不能代替的，永恒的东西还是人的友谊和情爱。

战友之情是没法忘记得了的，因其情是用生命的血与火的考验洗礼凝结而成的，其基础是非常牢固的。所以，小时

候，我最向往的是战友之情，那时候能当上解放军，在部队里结识好多战友，是一件非常自豪的事情。很遗憾的是，我这一生都没当过兵，战友之情更没有亲身体会过。

我想所谓战友，还有的是专指志同道合的那种朋友，比如中学课本读到的马克思和恩格斯，毛主席与朱德总司令，他们的友情，以同志间的政治信仰和理想行动的高度接近和一致性，从而创造了人格上的魅力和事业上的惊天动地。我特别崇敬的是恩格斯和马克思之间那种无私的友谊。恩格斯在马克思离世时写的那篇悼念马克思的文章，很多人都会背诵。那段悼词我还记得，他说，"现在他逝世了，在整个欧洲和美洲，从西伯利亚矿井到加利福尼亚，千百万革命战友无不对他表示尊敬、爱戴和悼念，而我可以大胆地说：他可能有过许多敌人，但未必有一个私敌"。他们的友谊足够撼天地，泣鬼神，他们的伟大情感是互相依存的。

人的这一生是要有些友情存在的，没有战友情同志情，也会有发小情、同学情、师生情、同事情等，这是每个人都要经历的。倘若没有一点儿情谊，在世上活着，也就没有了人性的抚慰，没有了爱和恨，就没有任何意思了。人贵有义，多在乎情，写诗的人，更是情在诗中、友在诗里。诗人之间，常谓之诗歌兄弟，真挚的友情就是一首首美妙的诗，比如李白与高适，杜甫和王维，东坡与佛印和尚，海子与西川，等等。

苏东坡是唐宋八大家之一，其诗才与人品乃是当时一道亮丽的风景，引来了文朋诗友及政客名流无数的眼光。而在这里面又有几个是坦诚忠心的知友呢？所以，坡公身边的友人各有不同的表现，各有不同的诉求，各有不同的所终，扑朔迷离，精彩纷呈。当时就有王安石、黄庭坚等朝野高才权贵。这说明坡公交友的广泛，投缘的心诚，品性的丰富，为人之博爱与坚贞。否则，何以有如此之魅力呢？

但我更喜欢的是，苏东坡与佛印和尚之间的投缘，那样的一种超凡的智慧和谐趣，那份天真的怡情，那种诗性的随意。这样的友情能让人持有初心，充满诗趣，同时又不失现实的深度和包容，让人性在命运苦楚中显出高贵和灵动。人们出于对苏东坡才情的热爱，亲切地称他为"坡公"。

有一天，坡公与佛印和尚一起打坐，坡公问："你看看我像什么呀？"佛印说："我看你像尊佛。"坡公听后大笑，对佛印说："你知道我看你坐在那儿像什么吗？就活像一堆牛粪。"佛印听后无语，似乎吃了哑巴亏。

当坡公回家兴高采烈地把这事告诉他的妹妹苏小妹时，岂知苏小妹可非等闲之辈，其天性才情也是了得。只听妹妹冷笑了一声，对哥哥坡公说："就你这悟性，还学佛参禅呢？你可知道参禅的人最讲究的是什么？是见心见性，你心中有，眼里就有。佛印说看你像尊佛，那说明他心中有佛，你说佛印像牛粪，想想你心里有什么吧！"这回轮到坡公无语了。

还有一次，坡公与黄庭坚住在金山寺中，商量一块儿打面饼吃，二人商量好了，这次不告诉佛印和尚。过了一会儿，饼熟了，两人先把饼献给观音菩萨，殷勤地参拜、祷告了一番。不料佛印早就藏在神帐内，趁其二人跪拜之时，就伸手偷了两块饼。坡公拜完，起身一看，饼少了两块，大惊，便又急忙下跪，再拜说："观音菩萨如此神通，吃了两块饼，何不出来见面呢？"佛印在帐内说："我如果有面，就合伙做几块饼吃吃，岂敢空来打扰？"

听完这样的友情故事，是不是觉得十分有趣，又得到了一次心灵智慧的启迪呢？这样的友情可谓是可遇而不可求的。东坡居士在这样的环境中获得的诗性和才情，可谓也是广博深远了。

"人生得一知己足矣，斯世当以同怀视之。"这是近现代文坛上的友情佳话，此是鲁迅先生送瞿秋白的一副对联。瞿秋白是坚定的共产党人、伟大的革命家和马克思主义理论学者之一，也是"五四"时期著名的作家和才俊。鲁迅对于共产党人的信任和希望，始于有瞿秋白这样的典范。他们的友情是中国当代文学史上的最可铭记的精神财富。说到文人相轻也是事实，但他们之间的友谊，足可见志同道合的理想信仰，有血与火洗礼的友情基础，经得起大风大浪、生死考验，牢不可破。这样的友情也是文人当中很少见的。

人的情感多变和复杂性，也给各种人的情感戴上了各种真假面具，让人眼花缭乱，特别是在文人朋友之间，其表现一直被后人所诟病。所以说我们谈友情友谊，更要从具体的本真的真实的个人生活经验出发，以获得属于自己的那一份友情，并不断地去呵护它、丰富它和发展它。它就会长成参天大树。

我的友情自然也是有的，在诗人的道路上走过了大半辈子，结识的人也很多，但能知根知底的、贴心贴肺的并不多。小时候，我在乡村生活，那时我家是村里最贫穷的户头，除了几个穷亲戚，平时不会有更多人来往。我母亲还是个弱智病患者，父亲除了一天到晚劳动，平时还要照看我母亲和我幼小的兄弟。我小时候特别孤独，那是一种愤怒的孤独，许多的小伙伴以异样的眼光看我。

　　读到中学没法读下去了，只有中途辍学，去一家集体翻砂厂当学徒工。我的童年生活是很不幸的，可以说，我是没有童年的人。穷人家的孩子再怎样也是有童年的呀，但我没有，只有苦难，这当然是可怜和可悲的事情。后来，我爱上了诗歌，走上了诗歌创作之路，是诗歌拯救了我的童年，让我的友情复活了，我的童年都藏在了诗里。

　　当然，那些引我走上诗歌写作道路的人，就是我的最好的友人和师长，我对诗歌友情印象最深刻，诗歌为我打开了各种情感之门，我在诗歌里找到了一切友情的诉求和表达。如果没有诗歌进入我的生活，我也不可能有故乡，也无法认知我的故乡。因此，我特别向往友情，珍惜友情。

　　现在，我找到了我要感恩的人，就是这些还在土里刨食的人，这些被童年所遗忘的人，这些永远未曾失去泥土庄稼的人，他们都是我的恩人。

2020 年 8 月 13 日

好人才有好朋友

好人才有好朋友，这是个普遍的常识。一个人活在社会上，除了有亲人亲戚之外，还应有其他的朋友，否则，就只能局限在一个小圈子里，也活不出个啥名堂来。要想人生有一些诗意，有一些快乐，有一些从容，结交朋友是非常重要的。

现在的问题是，什么叫好人呢？世上的好人，得都有个核心标准。人们不熟悉的时候，如何去判断好人和不好的人呢？这是个非常简单又复杂的问题。我们说得简单，表面上看，人人都不坏，都是好人，与人为善，平易近人，很好相处。

但恰恰是这些人，在最关键的时候，将你出卖，对你落井下石。最常见的是，这种人占尽了你的好处，背后还说你坏话，使点子陷害你。所以被称为"小人"。

与"小人"对应的正面人物，则叫作"君子"。何为君子呢？孔子说，"仁者不忧，智者不惑，勇者不惧"（出自《论语·子罕》）。君子是讲仁义道德、宽恕无忧的人，是有智慧笃定不迷惑的人，是勇敢担当无所畏惧的人。这是君子集于一身的理想人格和审美标准。

这个标准与现代公民社会的人格独立并不矛盾，有时候是更为相一致的。可见，时代社会无论如何变化，但作为传统文化中的民族精神，我们更应当结合现代人格和古代君子精神。这样，我们在选择好人和坏人上，便不会迷失方向，从而获得朋友和快乐。

同时，任何事物并不是一成不变的，它处在一个永恒发展变化的时空。人是在其中变化发展着的，人的性情也随之发生变化，那么好人与坏人也在发生变化。事实上，人是最善变的动物，因为会思想和有记忆。当人心都发生了变化，过去的认知和方法就不能拿来识别好人和坏人了。

所以，交朋友就更理性、更慎重和更功利。现代社会人性复杂，各种利益纠结，互相竞争，各显伎俩，真真假假，让人心陷入麻木之中。正因为如此，现代人又特别渴望结交朋友，渴望有真心和真诚的情感生活，这是人类社会发展的一个悖论。

相对来说，让自己做一个好人，比结交朋友来得更为现实。首先是，现代人面对公民社会和自由市场，要有独立的人格，要有一定的技能，并成为一个理性的人、一个独立的经济个体，要有很强的法治意识，以维护自己的权益。其次是，建立自己的知识和认知体系，包括学历资格及专业水平，在任何情况下，都有足够的能力保证胜任一种职业化的工作。最后是，守住人性的底线，这是个最基本的个人信仰，即与人为善，善良和悲悯是人性最基本的品质。在守住这个底线之后，再发展和提升自己的情趣，有个性的生活，有艺术的理想人格，以及审美精神的追求。有这三个方面的个人修为，基本上能算是一个好人了。

必须承认在人性中，没有绝对完美的人。人性有它的两面性，同时，人的存在和虚空也是一个认知的悖论。善与恶是相对统一的，有了这样的基本认知，我们在交友之时，不至于陷入双重误区。一个是自我误区，以自我为第一，另一个误区，则是完全放弃了自我。自我不是自私自利，自我是人格意志的存在，是强化个人的精神独立意志。但有时，自我又极富自私自利的特性，需要一个人的高度节制和自律。不论好人坏人，一旦进入双重误区，就无法看清自己的真实，又岂能分清好人坏人呢？

好人有好朋友，客观上讲，就是自己比别人做得更好一些。现代社会，都市人生，每日的人际关系都在不断地刷新。过去，我们选择朋友，一是讲缘分，二是讲诚心，三是持久性。这些都是人生经历与工作合作时的一部分。现在更多的是工作与合作，在生意场上，在自由平台上，以利益的双赢为衡量，有一个共同的利益诉求。

友谊的程度和时间性，是与利益成正比的。相对来说，这样的友谊，以契约精神为准绳，维系了社会的相对平等和公正价值。在古代社会，是以道德标准作为交友的条件的，讲的是无私和利他。这就是君子人格。但这种人格还是有弊端的，常被人利用和冒充，因为君子理想非平民社会所能持久地维系，人性的弱点决定了人类文明以个人的利益诉求为基点。

我们呼唤回归传统文化，以孔学和道学来重建一种人与人的友好相处关系，崇尚君子风度和江湖侠义，这是比较吸引现代人的。比如那种高山流水遇知音、天籁之声越千里的君子传奇，或为朋友两肋插刀、打抱不平的忠义勇武的故事，等等。志同道合、乐于助人、忠诚不贰、舍己利人等，推动了一个有理想人格的社会的建设。

这些标准和条件，是否适合每个人的交友现实，还是要时间来培育和决定的。真诚的友谊，不是一天就能促成的。"路遥知马力，日久见人心"，这是我们人人都明白的道理。可见，交朋友不只是一门艺术，还是一种生活方式。

今天，我谈好人才有好朋友，写下这些零星的杂感，也是渴求当下社会风气好转，营造良好的人际关系，只有人们和谐相处，社会才可能更好地发展。

2021 年 1 月 10 日

懂 得 感 恩

　　"感恩"这个词已是流行语了，社会上各行各业都在谈感恩，唱感恩，讲感恩，论感恩。有一首歌《感恩的心》传遍了全球各个角落。但是，在社会上我们真的做到了感恩吗？真正做得好的又有几人呢？

　　"感恩"真的那么重要吗？又那么容易吗？这的确是一个重要的追问。如果没有感恩之心，那么，人类的生存意义也是无法理解的。

　　感恩，关乎人性的价值和尊严的存在。无论中外，感恩的教义传统都是非常多的。无论是宗教形式，还是艺术形式和意识形态，感恩教育都是人类文明发展的核心内容。

　　感恩之心，源于人性中的爱和悲悯之情，一种自然的情绪提升为人性怜爱的自觉。物以类聚，人以群分，怜悯之心，人皆有之。这是社会感恩文化的基石。人若没有怜悯之心，连禽兽也不如呢！感恩的教化，正是从这里开始的。

　　在中华民族传统文化中，最博大精深和具体细致，融入生活的方方面面的，不是感恩文化，而是我们的"孝文化"。一部孝文化史，就是半部中华史。而孝文化的精髓部分，就是感恩父母。

这方面的教化和隐喻典故，简直多得不得了。由"人之初，性本善"，到"羊跪乳，鸦反哺"，这些儿童教化启蒙，都能看到祖先们是很懂得怜悯和感恩的教化的。

"感恩"一词，在我国古代各大经典史籍中，也是时有出现的，但最著名和流行的一次，是出自《三国志·吴志·骆统传》："飨赐之日，可人人别进，问其燥湿，加以密意，诱谕使言，察其志趣，令皆感恩戴义，怀欲报之心。"此句讲的是，东汉末年三国时期吴国的名将骆统征战，一次其家人随行出征，发现军粮不足，为了接济前线士兵，骆统家人献出自家份额的粮食，并与骆统将军一道同心，爱民惜兵，体恤下士，实行宴会公平公开赏赐的制度。在开宴的时候，准许每个人次序进入，将军亲自上前询问他们，听他们真心诉说实情，以体贴入微和温和的口气，以亲人一般的话语，同他们交心。此时，就能发现和观察到他们的志趣和所好。他们都很感激所受的恩义，心里总想报答将军及他们的家人。这时的"感恩"才是最好的表达，如"令皆感恩戴义，怀欲报之心"。

诗歌作品的感恩之作，也是经典众多。无疑，流传最广的应该是唐代诗人孟郊的那首《游子吟》。

　　　慈母手中线，游子身上衣。

临行密密缝，意恐迟迟归。

谁言寸草心，报得三春晖。

这是中国家喻户晓的一首诗，小学孩童都会背诵。但这首感恩的诗，写法多有不同，诗作通过诗性自然的表达，透视了慈母心、土地和野草的三个意象的隐喻义及关联，深刻地揭示了自然、土地和草木的生命联系，让我们感受到了母亲虽野草一般的卑微，却有着大地一样的温厚和春天般的慈爱。

同时，"三春晖"是无量的能量，是母与子这种感恩之心互相融为一个无尽的生命世界。既写出了一种感恩天地的永恒性，是大写的爱与具体的生活细节，又写出了感恩的世界性定义。唐代诗人孟郊写出了我们母爱的无边和母亲的伟大，写出了知恩必报的天地情怀是爱与义的结晶。这也是我最喜欢的一首感恩诗歌。

如何懂得感恩？我想，不断地读这首诗，是一个很好的启蒙教育，也是一种灵魂触动的生命感悟。从土地、春天、小草，到游子、慈母、针线、远行、故乡，这些自然情感的表现元素，呈现了一个深远博大的感恩在场空间。

我们在一个十分丰富的时空里，想象并发现了母爱的生态链的呈现，唯有母爱和感恩将这世界联系在了一起。母爱是核心之爱，是天地万物生命体的能量散发，也是感恩生命的万有之源。

我们知道，"感恩节"虽为美国的传统节日，却也成了世界各地最盛大的一个节日。但这个"感恩节"的由来，还是充满了争议。它源于英国殖民时期，英国人开发美洲大陆，当初进入的英国清教徒为能持久活下来，就向本土的印第安人学习狩猎和生活技能，后来为庆祝丰收，与印第安人一起分享劳动成果，就设定了这么一个日子。这一天，要吃大量的火鸡，迎主神，赐平安。美国独立后，将这一天法定为感恩节。

随着英国人的大量到来与自由开放，以及与本土印第安人争夺土地和食物的竞争越来越激烈，大量的印第安人被消灭掉了。感恩节就具有了讽刺意味。现在，越来越多的公正人士站出来，为印第安人的不公平历史发出原罪声讨，以维护民族文化的地球生态多样性。感恩节就又多了一层反思现代化的意义。

不难看出，中华民族的感恩文化与美国的感恩文化，有着本质上的不同。而且我们是以诗歌为载体的感恩文化，诗歌的感恩传承一直是中华民族连续千年的优良传统形式。我国是世界上最早形成感恩文化体系的文明古国之一。

有感恩上天，有感恩父母，有感恩亲友，有感恩活在当下……我们的感恩仪式也是很多的，并且有个人的、家族的、国家的等，如清明节、端午节、中秋节、重阳节、寒食节，是没有什么原罪争议的，在这些感恩的日子里，我们用自己的方式表达感恩的情怀。

针对当代社会，古代感恩仪式化、政治化，或许已被异化，不是所属的感恩本义了，就有了近代百年中国反传统观念，有的价值被冲淡了，有的被工具化、目的化代替了。因此，感恩的形式和目的变成了市场化交易行为，给当代社会带来了家庭伦理的混乱。

有人提出了新认知、新形式，要在现代精神上融入艺术的思考。我认为，感恩应当是出于本心，而不是后天的强制教育，把它完全工具化。不要让后代们违背自然性，而去从事一种扭曲了的道德说教。一个人对另一个人做了好事，如果是无条件的，那么当然是值得回报的，但回报不是一种感恩，而是一种平等、公平的意识。

无论是物质的或精神层面的回报，如果出于公平利益进行交换，也被当成了一种感恩式的诉求，那就有点儿不实了。感恩不是交易，不能歪曲了感恩的本质。同理，我们的心灵有时更需要被感恩，而不是老去感恩别人。只有做到被别人感恩，才能悟出真正的感恩是多么难。

因为，首先做到被人感恩，证明一个人真正悟到了感恩是出于本心。如同"己所不欲，勿施于人""不以小人之心，度君子之腹""宁可天下人负我，我决不负天下人"，等等。这些古训，还是颇能启发一个人的感恩之心的。

现代文明意识下的感恩，更是一种理性精神的审美诉求。对人的基本权利的尊重，对地球上一切生命的生存秩序，可报以自然相处之心。这就是大大的感恩了。

2021 年 1 月 27 日

人要有自信

　　自信，也叫自信心。一个人有没有主心骨，就看他是否有自信。在遇到问题的时候，总能面对问题，不慌不躁，还能独立思考，理性分析，并将问题自个儿处理好解决好。小时候，老师和家长教给我们的第一堂课，都是在讲人从小就要有自信心，但真正做到有自信，并不是一件容易的事，要经历很多的个人感悟和磨难。自信心不是盲目地自高自大。

　　不论是处理日常生活中的大事小事，还是与人相处和个人的独处，本身依然能保持一个良好的状态，这就是一个人的自信度。从容不迫，镇定自若，游刃有余。人活在世上，需要有起码的自信，不然是无法立足于社会的。从诗人作家的精神特征来说，自信又是一种"风度"和"风骨"的体现。

　　从读小学开始，老师就开始培育和启蒙学生的第一素质，就是要有自信，当然，自信的表现不是外表的一些东西，而是体现在内心中的意志和境界。从一个人的言谈举止到日常中的行为习惯，都是人生的第一课堂。因此，学校和家庭里的自信心教育，对于孩子是非常重要的。古代圣贤有诸多家书，都是有关家教的内容，涉及自信心的行为素质表现，可谓非常丰富，颇具实用性。而且，各个年龄段的课本教材都有，如《百家姓》《弟子规》《增广贤文》等，这些培育青少年自信心的古典读本，通俗易懂，适于朗读和背诵，可铭记于心后，指导、启示和规范个人的自信行为。

当然，对于自信心的儿童教育，现代教育把这些归入心理学方面的课程。从少年心理变化上分析青少年的自信度，从而提出具体的性格培育及心理上的抚慰，引导孩子们建立自信心。自信心的对立面是自卑感，自卑感达到一定的限度，就会形成人格上的障碍，最终导致心理疾病。这些心理疾病误区，若不及时治疗，就会将孩子引向悲剧的一生。这方面的教训，社会上是很多的，而且在现实生活中，青少年的自信心建立，已经刻不容缓了。

随着网络游戏时代的环境变化，青少年的犯罪倾向开始转向成人化、社会化。有些少年的暴力现象不可思议，令人不安和震惊。

有些青少年不想读书，厌学逃学，过早地混迹于社会阶层，沉迷于赌博、吸毒、性侵、组织校霸斗殴、暴力游戏（网暴）。有的还发生在海外的中国留学生群体中，引发世界性的新闻事件。究其本质和原因，还是正常的自信心人格没有普遍建立。

我在写作和讲课中，经常给青少年谈一些自信心教育问题。这些年，我还在参与作家的一对一社会公益助教活动，资助和支持对口扶贫工作，帮助边远山区的中小学生。因此，平时在与贫困学生的交流中，更注重一种自信心的建立。

孩子考不上大学，多数跟着家长外出打工，从事体力劳动和服务性的技术含量低的工作。但只要肯吃苦，脑子灵活，也能独当一面，负责一个部门、一个岗位，有的甚至还到了管理层，当了小老板发了财。家长更是以这个为理由，教育孩子以务实和学手艺赚钱，早点儿成为赚钱养家的人。以这样一些孩子家长的成功为例，我讲了一些诗人做生意或学习手艺的经历，讲了如何从小培育自信心。这个谋生的自信心引导教育，很受一些家长和学生的欢迎。

我刚过少年时期，就敢去办一个小型翻砂厂，独自经营、独立生产。这种自信是怎么来的？我以为是从小学会了勇敢自信，要独立面对诸多现实的挑战。如果自己不勇敢，怕吃苦，不甘于付出，不肯虚心学习，不爱思考和钻研学问，又哪来什么自信呢？一些孩子能通过外出打工学会独立生存，与人保持自信的人格，以获得更多合作机会和工作本身的认同。

自信心是做人立人的基本素质，没有自信心的人很难创造出自己的向上人生和积极的生活。自信更是一个人热爱生命、真诚生活的重要条件。

帮助相对贫困的孩子树立个人自信，积极面对人生，走出心理误区，让他们学有所成，对于作家来说，也是有责任的。作家的作品体现社会的价值和责任，要公平对待每一个学生，让他们享受同等的教育资源，获得同等的选择机会，这才是我们作家应主动关心关注的一个现实。一方面，作家要创作出反映这方面的优秀作品，鼓励孩子们接受全方位的生命价值观。我个人也一直在创作这方面的诗歌，以反映乡村自然的变化和现代人格心理的重塑。另一方面，作家要结合个人创作的生活实际情况，积极投入社会公平教育实践，与学生家长打成一片，将创作升华为最基本的关爱行动。有很多次，我参加乡村教育精准扶贫活动，看到村庄里穷困的家庭，我了解到这家孩子不肯上学，家里父母都外出打工了，他跟着爷爷奶奶在家里。他说他也想跟父母一起外出打工，那样就能自己养活自己，不让家人再操心受累，自己有钱了，也不用看别人的脸色。在农村像这样的情况的孩子，还是比较多的。

我以为，自信心是自发、自觉、自爱和自强，其心理是一种顺势而为，形成了个人的自爱。没有形成自然而然的心态，总是会出现一些挫折感的。有些孩子从小争强好胜，无知无畏，狂妄自大，或目中无人、冷酷无情、藐视一切，这些都是孩子自信心的一种扭曲。然而，我们在现实生活中，不时又会遇到这种情况，孩子们总是在逆袭中成长。关键是我们成人社会，更需要检视有利于青少年成长的生态环境。

一定要有自信！这是我经常对孩子们讲的一句话，他们可能讲不出什么大道理来，但通过他们的情感和行为，我能感受到一种自信的力量。正如某位诗人所言，父爱是一座山，母爱是一片海。父亲的形象如山，就是一种安全感，一种爱的力量和稳重。这是做父亲的自信。而母爱深广，宽容如海，这是做母亲的自信。

一个人，一个民族，一个国家，一定要有自信，只有自信的民族共同体，才能保持民族的凝聚力和战斗力。

2021 年 5 月 6 日

一滴酒，一滴情

　　我对酒并无特别嗜好，平时喝得不多，一个人喝的时候就更少了。但这并不代表我对酒没有一种理解和投入。我喜欢收藏一些酒，酒的名气或许不是很大，也不一定非得很贵，但一定是一个地方最具有代表性的。它的风情民俗和神话传说、地理气候上的特色风光，都融入了这酒色香味之中。

　　在我的书柜里，有来自各地的别具特色风格的美酒。有些是自个儿买回来的，有些是全国各地的文朋诗友们赠送的，还有一些是外国朋友送的。这些酒与各地诗友送的诗集存放在一起。每看到这些酒和诗集，想象着诗人的生命呈现，自己的视野立马大开，颇感诗酒江湖的气派。这让我时常诗思无穷，也充满了自豪感。

　　酒的提取发明，真是人类的灵性情感和不可或缺的生命食粮。在这个大千世界，若是一日无酒，人类可能会是个什么样的状态？

　　东方的白酒，西方的红酒，我都收藏了一些。这源于我参加的文学诗歌活动很多，要经常出国和在全国各地游历。而酒是一个地方的名片，代表着当地的礼节和风情。以酒待客，以诗会友，我们古人都说，诗酒不分家，二者总是融会在一起。每到一个地方，我都会结缘一些好诗好酒的朋友。这些诗酒文化的佳话，也成了我诗歌写作生活重要的一部分。以诗会友，无酒不诗，无诗不酒。

我们的古人圣贤对诗酒的发现和制作工艺，也算是一件文明的大单了。我国酿酒的历史悠久且辉煌，是世界上数一数二的。其中，关于酒的神话传说，不独有酒神、酒仙、酒鬼了。酒中还有文化，有诗学，有哲学，有伦理。这也是古人在每日生活中，与我们相遇相知的地方。

早些年时，我做文化图书出版的经营生意，酒局就较多，常常是一日三餐不离酒。而实际上，我并不能喝多少酒的。在人际交往中，酒文化非同小可，搞得好的，风生水起，搞得不好的，就声名狼藉，十分狼狈。

我重于诗酒，亦有诗情，在于酒的情投意合是内心精神的默契。这样的酒友，与之对饮，才是乐趣，一滴酒，一滴情，点点滴滴，都是真，都是诗。这样的感受，也就是古人的"酒逢知己饮，诗向会人吟"了。如果不能做到"知己"，又何有"千杯少"的慨叹？

当我们谈起诗酒文化时，对于酒的两面性作用，应当有更清醒的认识。酒，本质是一种化合的兴奋剂，可提升人性中的情绪，触发人体感官的激素与欲望的能量喷发。酒能壮胆，助人抒情，但是若非理性的审美，有时就会变成一种暴力的诉求。在处理这一过程中的情感因素时，我们应当特别小心，要将酒性提升为诗性，而不是将诗性弄成了酒性。

酒中情，情中酒，最理解我的，莫过于我自己。对于酒之气场，酒之气息，酒之气味，一旦不适，即时停杯，不再强求。情浓的是酒，不一定酒浓的是情。人生时有一份酒的馈赠，一份情的期待。酒性伴随着人性，我劝的不是酒，而是情，情怀展开了，酒性自然就散了。

人间真性情，万物有情性，一滴酒，一滴情。有道是，有喜酒，有寿酒，有诗酒，有丧酒，有苦酒，有别酒，如此等等。说不尽的是酒，道不完的却是情。所以，我说一滴酒，一滴情，人情世故，尽在酒中。

自古至今，多有饮酒高人，高人饮酒则是诗酒文化之生态。如何在酒中悟出"处江湖之远""居庙堂之高"，以"彼行大道"（西汉戴圣《礼记·礼运》）之心，度民间百态之象，乃有人生的磨难、智慧的获得。

每当我返乡，在诗与酒的穿越中，来到我的乡村，只有那厚厚的、浓浓的、化不了的乡愁，才是我的老酒。老酒中的诗性，升腾弥散于我的四季。这是真正的诗酒，抚慰我的失落的灵魂，低吟在乡土深处。

或许，一位乡土诗人，在当下的城乡离合中，"乡愁"就是一种永恒的老酒，由我的童年苦难孕育，是我的晚年的诗心发酵，让我的命运认知升华。这也是我要谈"酒中情"的一个缘由。人生若无诗性之根，又何来酒之情愫、酒之尚德呢？

一滴酒，一滴情，自古来之，或"劝君更尽一杯酒，西出阳关无故人"，或"白日放歌须纵酒，青春作伴好还乡"，或"一杯浊酒喜相逢，古今多少事，都付笑谈中"。又或，"五花马，千金裘，呼儿将出换美酒，与尔同销万古愁"，抑或"葡萄美酒夜光杯，欲饮琵琶马上催"。诗酒如此，历史悠久，难舍难分。

一滴酒，一滴情，这些沽酒的千古名句，重在一个"情"字，酒中有情，情中有酒，则是酒中有道。道亦有道，更是道中之酒。道中之酒，醉在道中，得道而归，归去来兮。此时诗人可为天下之事，兴之，亦可为天下之事，亡之，若无道，酒欲何求？

2021 年 9 月 8 日